POSSESSÃO ALIENÍGENA

ORGANIZAÇÃO
Ademir Pascale

ARTE
Vagner Vargas

DEVIR

Possessão Alienígena

Organização: Ademir Pascale
Revisão: Roberto de Sousa Causo
Ilustrações e Arte da Capa: Vagner Vargas
Diagramação e Projeto Gráfico: Marcelo Bighetti

DEV333129
ISBN: 978-85-7532-667-1
1ª edição publicada em agosto de 2018

Dados Internacionais de Catalogação (CIP)
(Câmara Brasileira do Livro, SP, Brasil)

Possessão alienígena / organização Ademir Pascale ; arte Vagner Vargas. -- São Paulo : Devir, 2017.

Vários autores.
ISBN: 978-85-7532-667-1

1. Ficção científica - Coletâneas 2. Literatura brasileira 3. Seres extraterrestres - Ficção I. Pascale, Ademir. II. Vargas, Vagner.

17-06878 CDD-869.308762

Índices para catálogo sistemático:
1. Ficção científica : Literatura brasileira

DEVIR

Atendimento
Assessoria de Imprensa
imprensa@devir.com.br
SAC: sac@devir.com.br
Eventos: Marcelo Meleti
eventos@devir.com.br

Brasil
R. Teodureto Souto, 624/630
Cambuci - São Paulo - SP
CEP 01539-000
Fone: (11) 2127-8787

Portugal
Pólo Industrial
Brejos de Carreteiros
Armazém 4, Escritório 2
Olhos de Água
2950-554 - Palmela
Fone: 212-139-440
devir@devir.pt

Visite nosso site: www.devir.com

SUMÁRIO

5 Introdução
Ademir Pascale

7 O Fantasma de Hermes
Jorge Luiz Calife

13 Oort
Miguel Carqueija

27 A Sinfonia do Asteroide
Estevan Lutz

37 Conexão Kolob
Marcelo Bighetti

47 Sob a Proteção da Lua
Mustafá Ali Kanso

61 Homenzinhos Verdes não Existem
Tibor Moricz

73 Os Fantasmas de Lemnos
Roberto de Sousa Causo

87 Eu Possessão
Vagner Vargas

95 Os Autores

Dedicamos este livro à memória do escritor

MUSTAFÁ ALI KANSO
1960-2017

INTRODUÇÃO

Sempre fui fascinado por assuntos ufológicos, sobre a história da criação do universo e o início da vida na Terra. Tive por muitos anos como livro de cabeceira *Eram os Deuses Astronautas?*, de Erich von Däniken, pois fiquei feliz em saber que não era apenas eu que acreditava que o nosso planeta tinha sido visitado por alienígenas.

Um assunto um tanto complexo e incerto. É provável que nunca saberemos a verdade. Afinal, viemos das estrelas? Somos criação dos alienígenas? Stephen Hawking, com uma das mentes mais brilhantes — senão a mais brilhante — do nosso planeta, criou a teoria da existência de milhares de planetas habitados, tanto com vida inteligente superior quanto inferior a nossa.

Poderia uma raça superior ter criado os seres humanos? E caso sim, para qual finalidade? Para sermos escravos? Uma mera experiência? Ou estariam planejando algo bem maior?

As Pirâmides de Gize; as Linhas de Nazca; os Moais, na ilha de Páscoa; Stonehenge; e a Porta do Sol, em Tiwanaku, são provas incontestáveis de que "eles" já estiveram aqui.

Alguns ufólogos afirmam que existe um satélite artificial de 13 mil anos, chamado por eles de "Black Knight", orbitando a Terra. Seria um equipamento espião alienígena para nos monitorar constantemente? Uma arma que poderia destruir a Terra, ou mero lixo espacial? Nikola Tesla (1856-1943), inventor que contribuiu no desenvolvimento do rádio, radar, robótica, controle remoto e física nuclear e teórica, afirmou em uma conferência ter captado um sinal de rádio vindo do espaço, isso em 1899. Estudiosos acreditam que o sinal que Tesla captou veio do misterioso satélite. Artefato extraterrestre ou não, ele estaria lá, bem acima de nós, orbitando.

Monitorar, possuir e manipular. De certo modo, a literatura, a mídia e o cinema nos ajudam a negar a existência dos alienígenas, tornando tudo isso mera ficção de escritores e roteiristas criativos ou malucos. Algo que certamente "eles" gostariam que pensássemos. E o grande número de avistamentos de luzes e naves estranhas no céu que tantas pessoas ao redor do mundo presenciaram e ainda presenciam, não passam de ilusão de ótica. As autoridades só não sabem explicar como estas ilusões ficam registradas em vídeos e fotos.

Possessão Alienígena reúne grandes escritores brasileiros de ficção científica, com histórias diversificadas de possessão de seres humanos por alienígenas. A arte da capa e ilustrações internas ficaram por conta do ilustre Vagner Vargas.

Boa leitura e bons sonhos!

Ademir Pascale
Escritor e ativista cultural
www.revistaconexaoliteratura.com.br

O FANTASMA DE HERMES

JORGE LUIZ CALIFE

"Talvez eu devesse ter reagido. Devia ter notado o brilho fosforescente nos olhos dela. Mas a coisa toda foi tão inesperada, tão insólita, que fiquei totalmente perplexo. Incapaz de esboçar uma reação."

Talvez eu devesse ter reagido. Devia ter notado o brilho fosforescente nos olhos dela. Mas a coisa toda foi tão inesperada, tão insólita, que fiquei totalmente perplexo. Incapaz de esboçar uma reação

O Fantasma de Hermes

1. Chamada de Emergência

Meu nome é Vitor, mas vocês provavelmente me chamariam de doutor Vitor. Quando o incidente Hermes aconteceu, eu já estava formado há dois anos e fazia residência no hospital L-5, da colônia orbital de Olimpus. Era o sonho de todo médico espacial, fazer parte da equipe de elite que ocupava os dois setores do L-5. O setor de 0,6 G que ficava no tórus, o anel externo da colônia, e o setor de microgravidade, que atendia queimados e pacientes graves no eixo da nossa cidade orbital em forma de roda.

Recebíamos pacientes de todo o sistema Terra-Lua e, ocasionalmente, atendíamos chamadas de emergência de equipes trabalhando em asteroides rasantes, os chamados "*earthgrazers*", na antiga nomenclatura da UAI. Foi por isso que não achei estranho o pedido de socorro vindo do Hermes, uma montanha de ferro-níquel fazendo uma de suas passagens periódicas pelo sistema solar interior.

Levei o equipamento para a ambulância e estava checando a programação de voo, quando Irene Duprat entrou pela comporta. Ela era uma enfermeira jovem e esguia, em ótima forma física, perfeita para servir como meu apoio naquela emergência. Afinal, tripular uma ambulância espacial não é para qualquer um.

— Cadê o piloto? — ela perguntou.

— Eu vou pilotar. Nossa massa é crítica e o computador fará toda a navegação. Quanto você pesa?

— Cinquenta e quatro quilos.

— Perfeito. Já usou um tanque de aceleração?

— Fiz o treinamento básico.

— Vamos puxar vinte GS. Mas será por poucas horas. O tanque é bem agradável. Como mergulhar numa piscina. Água a temperatura do corpo.

— Não se preocupe, doutor, já estive num voo de alto G antes.

— Ótimo. Nosso paciente não pode esperar.

Colocamos os respiradouros e mergulhamos na água transparente do tanque. Irene parecia uma sereia, seu cabelo flutuando em torno do rosto enquanto assumíamos uma postura relaxada para aguentar a aceleração da partida.

O voo foi rápido e fizemos contato com o asteroide dezoito horas depois. Como eu esperava, havia uma velha instalação de pesquisa mineral na cratera maior, no lado voltado para o Sol. Quem tinha enviado aquele pedido de socorro devia estar em estado de choque, porque não respondeu aos nossos chamados. Deixamos a nave estacionada e saltamos no vácuo, usando os trajes de excursão.

Foi Irene quem notou primeiro. Uma fraca luminosidade em torno do domo de pressão.

— O que é aquilo?

— Acho que é fluorescência provocada pelo impacto de partículas do vento solar. A radiação está normal.

Sim, tudo parecia normal. Exceto que não havia nenhum paciente esperando por nós. A instalação estava deserta.

2. Sombras da Noite

O asteroide tinha um dia de três horas e 40 minutos e o lugar mergulhou na escuridão enquanto ainda estávamos lá.

— Havia alguém aqui. Alguém nos mandou aquele pedido de socorro — insistia Irene.

— Talvez tenha entrado em pânico e se atirado no espaço. Vamos fazer uma busca por radar.

— Por que alguém iria se atirar no espaço? O ar e a segurança estão aqui.

— Talvez estivesse com febre, delirando. Vamos, Irene, não há nada para fazer nesse lugar.

Saímos para a escuridão lá fora, onde nossa nave nos esperava, as luzes de navegação cintilando contra a poeira de estrelas da Via Láctea. Enquanto nos aproximávamos da comporta notei uma coisa estranha. A roupa espacial da Irene também estava brilhando com aquela fosforescência pálida que tínhamos notado no domo. Preferi não falar nada com ela e isso pode ter sido o meu primeiro erro.

Voltando ao interior da nave de resgate, pedi ao computador que fizesse uma varredura de radar, em busca de algum corpo a deriva no espaço. Depois coloquei a nave no modo de gravidade artificial. Uma manobra rotineira que consiste em separar o *habitat* do módulo propulsor e fazer os dois girarem unidos por um cabo de 200 metros de comprimento.

Toda aquela atividade extraveicular me deixara suado e eu queria tomar uma boa ducha antes de mergulhar de novo no tanque com a Irene.

É possível tomar banho em zero G, mas como disse, eu queria relaxar um pouco, o que não seria possível com gotas de água flutuando ao meu redor. Assim, coloquei a nave girando até conseguir uma sensação de 0,36 gravidade, tirei a roupa e entrei no chuveiro.

A água estava morna e deliciosa. Tirou toda aquela película de suor grudento da minha pele. Eu estava a ponto de fechar a ducha quando uma coisa incrível aconteceu.

Irene entrou no banheiro, completamente nua, aproximou-se de mim, me agarrou e me beijou na boca.

Talvez eu devesse ter reagido. Devia ter notado o brilho fosforescente nos olhos dela. Mas a coisa toda foi tão inesperada, tão insólita, que fiquei totalmente perplexo. Incapaz de esboçar uma reação. E então era tarde demais. A coisa que tomara o corpo de Irene entrou também em meu corpo.

3. Possuídos

Eu continuava consciente. Na verdade, estava ficando bem excitado pelo contato físico com a minha colega, mas meu sistema muscular parecia paralisado.

Imagens explodiram em minha mente. Paisagens de cores bizarras, mundos de sóis múltiplos, estrelas unidas por pontes de fogo.

Aquela coisa possuindo nossos corpos tinha viajado muito. Tinha percorrido boa parte da galáxia e era muito, muito antiga.

Estava curiosa a nosso respeito. Percebia que éramos seres da mesma espécie, tínhamos a mesma anatomia básica. Mas não entendia por que o meu corpo tinha coisas que faltavam no corpo da Irene, e vice-versa.

Começou a sondar nossas mentes e descobriu a noção de macho e fêmea que não conhecia. Aprendeu depressa e logo sabia muito bem o que era, porque sob o seu controle eu e Irene começamos a fazer sexo ali mesmo, embaixo da ducha.

Depois, com sua curiosidade satisfeita, a coisa resolveu nos enviar para uma missão mais importante. O coito foi interrompido bruscamente, e caminhamos até a sala de controle. Como marionetes, controlados por fios invisíveis, programamos um novo curso para a nave e ativamos a propulsão.

E isso quase nos matou. A criatura não sabia que precisávamos ficar nos tanques de aceleração. Fomos derrubados por uma força de dez gravidade, ficamos colados ao piso, incapazes de nos movermos durante cinco horas. Desloquei o ombro e Irene fraturou uma costela. Mas o fato de não termos sofrido uma parada cardíaca é sinal de que estávamos mesmo em boa forma física.

Quando recuperei a consciência, a nave estava em órbita da Lua, perto do *laser* de Farside. Irene estava inconsciente e tive que colocá-la no autodoc, depois de enrolar uma atadura sobre a costela quebrada. A criatura, a inteligência alienígena ou fosse lá o que fosse, tinha ido embora. Usara o canhão *laser* de Farside para se transmitir para algum ponto nas névoas luminosas do Sagitário.

4. Contato

Fizemos um relatório sobre nossa estranha aventura, mas omitimos os detalhes mais escabrosos. Ninguém acreditaria mesmo. O fato é que nossa experiência criou um elo muito forte entre nós, e nos casamos um ano depois.

Mas afinal, o que foi que nos possuiu? Um fantasma do espaço? Não acredito. Sou médico e astronauta, não acredito em fantasmas. Acho que aquela coisa era uma inteligência extraterrestre, um tipo de sonda alienígena muito avançada.

Somos como os computadores que criamos. Como os computadores temos um *hardware*, nossos corpos físicos, e um *software* — nossa consciência, nossas memórias armazenadas nas redes neurais de nossos cérebros.

A coisa era um *software* que podia migrar de um *hardware* para outro. Podia estar lá no asteroide há milhares de anos. Pode ter chegado num meteoro. Encontrou a estação de pesquisa abandonada, entrou no seu computador e copiou todas as informações, aprendendo sobre as rotinas de emergência. Coisas como transmitir um sinal de socorro simulando uma falsa emergência.

E quando respondemos ao seu chamado, esse programa viajante passou para o nosso *hardware*. Habitou nossos corpos até aprender tudo o que podia sobre nós. Depois foi embora. Devia estar com muita pressa de chegar a algum lugar. Enquanto procurava uma explicação para o "fantasma de Hermes", topei com um texto de um cientista francês do século XX. Na época, os astrônomos falavam muito em contatar inteligências extraterrestres, mas esse pesquisador achava improvável um contato por meios tecnológicos. Em sua opinião, as inteligências mais avançadas seriam indetectáveis. Elas percorreriam o universo como uma névoa ou um vento imperceptível. Observando, tocando, mas evitando interferir ou modificar o universo ao seu redor.

Acho que ele estava perto da verdade, mas cometera um pequeno erro. Eu e Irene tínhamos sido tocados por aquele vento inteligente.

E isso mudara nossas vidas para sempre.

FIM

OORT

MIGUEL CARQUEIJA

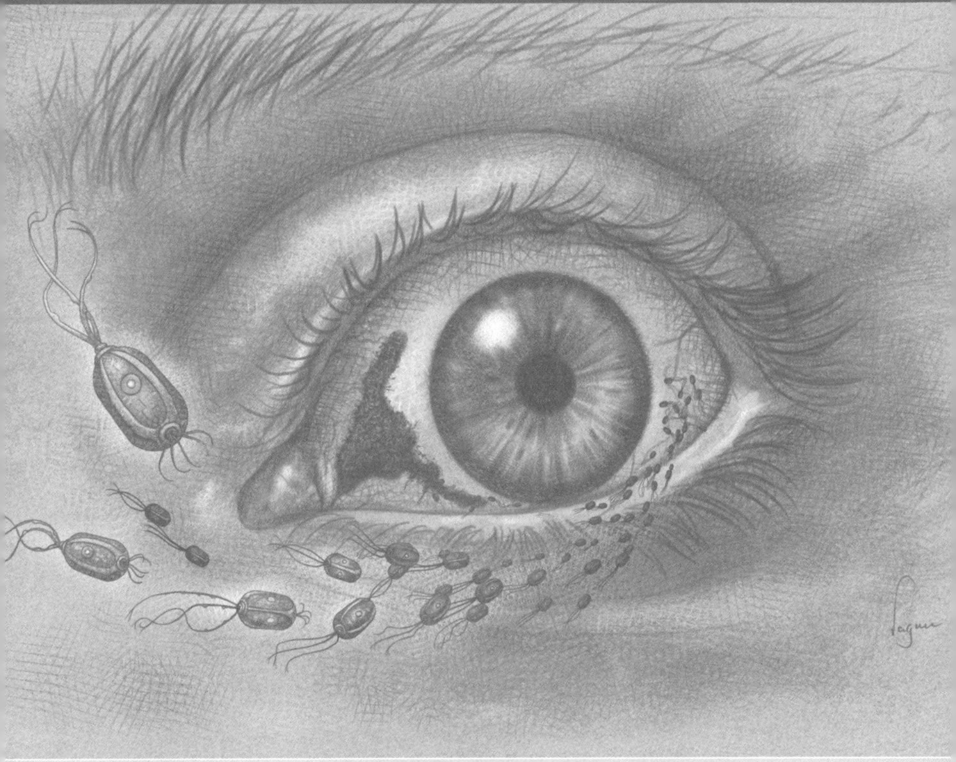

"Teremos de nos deslocar para outros sistemas, pensava ela, para encontrar planetas semelhantes ao nosso... mas já não serão habitadas? Existirá algum lugar para nós no imenso Cosmos?"

Teremos de nos deslocar para
outros sistemas, pensava
ela, para encontrar terras
semelhantes à nossa... mas já não
serão habitadas? Existirá algum
lugar para nós no imenso Cosmos

Introdução: Despertar

Era um leito de hospital, aparentemente. Ao acordar, no meio de uma fria madrugada, Waldir Cinelli não sabia onde estava, ou por que estava. Não perdera de todo a memória, é fato; sabia quem era, mas as suas lembranças estavam confusas e nebulosas.

Recordava, sim, que estivera nos confins do Sistema Solar, em plena Nuvem de Oort. Ele e seus companheiros. Alguma coisa ocorrera por lá; mas sobre isso a sua memória dera um branco.

Waldir se levantou, observando o quarto na penumbra. Examinou o pijama cafona que lhe tinham vestido, e sentiu o frio do piso sob os pés. Onde estava ele, afinal? Aproximou-se da janela e observou. Lá longe uma cúpula, uma cidade imensa...

As partículas de gelo.

Uma sensação de vertigem surgiu e cresceu dentro dele. Waldir retornou às pressas para a cama. Realmente, estava mais magro e algo não ia bem em seu organismo. Mas não dava para tentar esclarecer nada nesse momento. Tinha de deitar...

1. Rememoração Total

Móbile Kusanagi seguia pelo corredor do hospital com sua prancheta a tiracolo, ao lado da colega escocesa, Suzana Long. Embora não estivesse encarregada de pacientes em situação de alta gravidade, uma delas preocupava Móbile, e era para o seu quarto que ela se dirigia.

— Conheço a pessoa. Você deve ter muita tranquilidade, Móbile.

A jovem enfermeira sorriu discretamente, mal movendo suas maçãs arredondadas, que os cabelos negros curtos não ocultavam. Elas caminhavam em meio a muitas pessoas que se entrecruzavam na azáfama do hospital. Passavam, inclusive, por vários pacientes em leitos flutuantes.

Suzana parou-a subitamente, segurando-a pelo cotovelo.

— Olha quem está lá, Móbile! Lembra dele? Akira... ele voltou ao Mirai. Oi, oi!

Um médico jovem, com seu jaleco azul-claro, aproximou-se delas. Por estar com seus óculos, Móbile conseguiu entrever o nome costurado no bolso do peito: Dr. Akira Segawa. Ela o conhecia, sim, mas não o via há anos...

Suzana, que já estivera com ele nesse dia, adiantou-se e segurou-lhe a mão:

— Dr. Akira, lembra com certeza da Móbile.

— É claro que me lembro, conheci você como estagiária. É um prazer tornar a vê-la, Móbile.

Akira era magro, bem mais alto que as meninas, mas inclinou um pouco o rosto e beijou as duas faces de Móbile.

Esta sentiu-se ruborizar. Por um segundo ninguém falou nada, mas Móbile, com a expressão do rosto em suspenso, balbuciou:

— *Sensei*... talvez possa ajudar a minha paciente. Por favor, venha vê-la; estou indo lá agora.

— Mas, Móbile, a Kino já não tem uma médica responsável? — observou Suzana.

— Não é isso. Não nesse sentido. Mas a depressão dela... ela precisa de amigos, só isso. Pode me ajudar a falar com ela, *sensei*?

Akira franziu a testa, meio intrigado, mas limitou-se a responder:

— Vamos.

— Eu tenho que ir ao outro pavilhão — desculpou-se Suzana. — A gente se vê. Boa sorte!

Ela se afastou e Móbile, trocando um olhar de concordância com Akira, pôs-se a caminhar rumo ao quarto 214.

— Só disponho de alguns minutos, mas verei o que posso fazer — explicou o médico, de boa vontade.

Móbile anuiu com a cabeça, sem abrir a boca. Lembrara-se de que, no passado, Akira tinha presidido o comitê de jogos e diversões. A garota, porém, nem sabia ao certo como tivera coragem de fazer esse convite ousado.

— O nome dela é Kino Tomita — explicou Móbile, ao entrarem no quarto.

Nesse momento, a mulher se encontrava no leito, na penumbra, porém acordada. Ao vê-los entrar, mostrou-se angustiada e recostou-se no travesseiro.

— O que vocês querem? Já disse, ninguém pode me ajudar...

— Quem sabe? — falou Akira docemente, sentando-se na borda da cama. — Podemos conversar um pouco.

— Nós lhe queremos bem — murmurou Móbile, afagando os cabelos de Kino. — Pode nos confiar suas preocupações. Este é o Dr. Akira Segawa.

Kino riu, sardônica.

— Ah! Como se alguém pudesse ajudar... dois anos de internação... a família desestruturada... e aquilo sempre...

Akira fitou Móbile, que procurou explicar:

— Ela sempre fala em algo terrível do passado, sem conseguir lembrar o que é...

Akira tirou uma pequena lanterna do jaleco e dirigiu o facho no rosto da enferma, segurando com a outra mão o seu queixo.

— Essas manchinhas na sua córnea... você já as tinha?

— Manchinhas? Na córnea...

Como se essa referência tivesse o poder de reavivar coisas ocultas e esquecidas, ela se pôs a tremer convulsivamente e a murmurar coisas estranhas.

— A nuvem... cinquenta mil unidades astronômicas do Sol. O limite do campo gravitacional... a Nuvem de Hills... gelo, amônia e metano... gelo, amônia e metano... o disco interno... o círculo externo... Javoourt... bilhões de cometas, bilhões... e aquelas coisas... Oh, meu Deus!

— O que foi? Do que você está falando?

— Dê-lhe um sedativo — atalhou Akira. — Ela precisa repousar um pouco.

Móbile atendeu-o e, quando a enferma se acalmou e dormiu, ambos saíram ao corredor.

— O que seria isto, *sensei*?

— Oh, é apenas o que nós chamamos em psicologia de "rememoração total". Uma referência qualquer faz a pessoa repassar exaustivamente todas as informações que possui sobre determinado assunto.

— Determinado assunto? Mas de que assunto ela falava, *sensei*?

— Ela é uma astronauta?

— Agora não, já foi... Afastou-se por motivo de doença.

— Ela estava falando sobre a Nuvem de Oort, nos confins do Sistema Solar. Deve ter estado lá.

— Ela esteve lá, *sensei*, há mais de três anos. É curioso... não estão mais indo lá, não é?

— É muito longe. Diga, quem está cuidando desta paciente?

— A Dra. Aoi Tanemura, ela é muito competente.

— Ah.

— Por que será que ela teve essa "rememoração total"? O que é que tem na Nuvem de Oort, que provoque isso?

Ele deu de ombros. Móbile achou-o, de súbito, reservado.

— Quem pode saber? Há muito perigo na navegação espacial. A Nuvem de Oort é apenas o envoltório do Sistema Solar, o berço de cometas e asteroides. Cuide bem dela, Móbile. Eu tenho que ir agora. A gente se vê.

— Vai com Deus, *sensei*.

Ele sorriu e se retirou, sentindo no fundo que a jovem enfermeira havia sido mais gentil que o normal.

2. Encontro Noturno

Era tarde da noite e Móbile, por uma janela panorâmica, observava o céu estrelado de verão e a cidade de Neo Tóquio que se espraiava pela distância, coberta por uma mortalha de silêncio e escuridão. Havia escassez de energia, as ruas eram mal iluminadas e alimentos eram racionados. A sucessão de megaterremotos reduzira a civilização a escombros, e a humanidade buscava há tempos, mas sem êxito, um novo lar entre os astros.

"Teremos de nos deslocar para outros sistemas", pensava ela, "para encontrar planetas semelhantes ao nosso... mas já não serão habitados? Existirá algum lugar para nós no imenso Cosmos?"

Com um suspiro, ela se dirigiu ao corredor. Em todo aquele pavilhão só ficara ela no plantão noturno. Havia falta de pessoal qualificado, falta de gente. De há muito morriam mais pessoas que nasciam, não só por causa das muitas guerras das últimas décadas, e da poluição que matava silenciosamente, mas também porque as pessoas, em grande número, não aceitavam mais criar filhos: ou os evitavam, ou os abortavam, ou os abandonavam. Nenhuma população se mantém em tais condições.

Em compensação quase não havia mais doenças que prendessem as pessoas nos hospitais, onde se internavam mais vítimas de acidentes, brigas e atentados, que enfermos propriamente ditos.

Móbile verificou vários quartos. A escassez de pacientes internos garantia muitas vagas de leitos, quase sempre em quartos individuais. Depois de visitar cinco pacientes, lembrou-se da última daquele andar: Kino Tomita, do quarto 214. Depois pretendia dormir um pouco, os robôs de plantão podiam dar conta de qualquer chamado normal. O plantão duplo era cansativo, mas o dia seguinte seria a folga compensatória.

Embora tranquila e eficiente, Móbile sentia-se meio aérea nessa noite e sabia bem por quê.

Ela abriu a porta do 214 e entrou — e teve uma grande surpresa.

Na luz penumbrosa, pôde ver que a paciente achava-se sentada em uma poltrona, vestindo a camisola hospitalar cor-de-rosa. Mas havia uma pessoa inclinada sobre ela: um homem, que ajustava em sua cabeça o que parecia ser um capacete.

Sem pensar no que fazia, Móbile acendeu a luz maior e precipitou-se para defender sua doente.

— Que está fazendo?

Encararam-se os dois. O invasor usava uma máscara negra cobrindo-lhe os olhos, mesmo assim o reconhecimento foi imediato:

— *Sensei!*

Efetivamente, era o Dr. Segawa. Não havia como negar. Perplexa, Móbile revezou o olhar entre Kino e Akira. A primeira estava inerte, mas respirava regularmente.

— Ela está bem, apenas adormecida — esclareceu o médico.

— Mas, Dr. Akira, por que está aqui? Por que a máscara? E o que é esse capacete?

— Infelizmente, Móbile, você viu demais, e além disso, não posso parar o que estou fazendo.

Sem nenhum aviso ele tapou a boca da moça, segurou-lhe os braços contra o corpo e impeliu-a até uma marquesa, obrigando-a a sentar.

— Perdoe-me, terei de amarrá-la, mas não vou machucá-la.

Ele tirou uma corda de algum compartimento do sobretudo e atou as mãos de Móbile para trás. Para sua surpresa, ela não gritou quando pôde e não opôs resistência. Entretanto, ela não tremia e não parecia amedrontada.

— Vou ter que amordaçá-la, também. O que estou fazendo é algo que você não pode compreender agora, mas que tenho que fazer porque é superimportante; ah, e a Kino não vai sofrer nenhum dano. Com licença.

Ele aproximou um lenço do rosto da moça. Ela então baixou o olhar e balbuciou:

— *Sensei*... não faça isso. Se vai me deixar amarrada, teremos de planejar muito bem o que eu vou dizer.

— Hein?

— Sim, pois vou ter de inventar alguma história, descrever uma pessoa bem diferente de você. Não sou muito boa em mentir e posso cometer algum erro, temos de combinar o que eu vou dizer...

Dificilmente outra coisa que ela pronunciasse espantaria tanto o Dr. Akira.

— Do que você está falando?

Ela deu um sorriso triste.

— Não está achando que vou denunciá-lo? Eu jamais diria que foi você, Dr. Akira. Terei que inventar que fui amarrada por uma pessoa desconhecida.

— Mas por quê? Por que não vai dizer que fui eu?

Ela entrecerrou os olhos e baixou o olhar, já com lágrimas escorrendo.

— *Porque eu o amo, sensei.*

3. Revelações

Como se desabasse, a jovem pôs-se a soluçar, a chorar copiosamente. Estupefato, Akira enxugou as suas lágrimas com o lenço que pretendia usar para amordaçá-la.

— Fala sério?

— Nunca falei tão sério na vida — ela respondeu num suspiro. — Eu o amei desde o primeiro dia em que o vi.

— Mas por que nunca me disse?

As lágrimas continuavam a escorrer, e ele a enxugá-las. A garota sorriu, um sorriso triste, ao responder:

— Deveria? Você mal me conhecia, Akira... e eu, uma estagiária tão nova, perto de um médico reputado... E não tinha muita chance de contato. Depois o *sensei* foi embora... hoje, quando tornei a vê-lo e soube da sua volta... o meu coração se alegrou como nunca. E eu me senti feliz até as lágrimas só por amá-lo e poder vê-lo... e falar com o *sensei*...

O estupor de Akira era tão grande, que ele ficou indeciso sobre como agir. Aí, lembrou-se de retirar a máscara; não havia por que mantê-la.

Móbile deu um risinho, já com alegria.

— Não acredito, *sensei*. Deixou os óculos embaixo da máscara? Um mascarado de óculos?

— É claro, sem óculos eu sou cegueta mesmo e detesto lentes de contato...

— *Sensei*...

Eles se olharam fixamente. O olhar de Móbile transbordava de amor. Tomando uma súbita decisão, Akira segurou-a pelos braços e suavemente compeliu-a a se levantar. De pé, aproximaram seus rostos. Móbile cerrou os olhos e ofereceu os lábios.

— *Sensei*...

O jovem médico abraçou-a gentilmente e os dois se beijaram, um beijo romântico e demorado. Móbile não podia corresponder ao abraço, pois seus pulsos ainda estavam amarrados nas costas.

— *Sensei*... — e as lágrimas retornaram.

— Não chore mais, por favor... — e ele se lembrou de desatá-la. Com os braços livres, ela o abraçou e voltaram a se beijar demoradamente.

Ao se separarem, Akira observou:

— Móbile... você se sente um pouco tola? Se testemunha uma coisa errada não pode dar cobertura, mesmo vindo de alguém a quem ama...

— Eu sei, disso, *sensei*. Mas não posso acreditar que você esteja praticando algo errado. Com certeza tem uma boa razão.

— E tenho. E embora seja contra as regras, eu vou lhe contar tudo. Acho que você é uma alma gêmea e os nossos destinos se unirão agora, portanto deve saber tudo.

— *Sensei*...

— Móbile... precisa me chamar de *sensei*? Você pode me chamar pelo primeiro nome, e sem o "doutor".

— Eu sei, meu querido... eu o chamarei de Akira, sim, mas também de *sensei*. Gosto tanto de chamá-lo *sensei*... é uma forma de expressar o meu carinho — disse ela, alisando a lapela do cirurgião.

— Está bem, se isso a deixa feliz. Uma pessoa como você não merece ser contrariada. Móbile... preciso fazer o que eu vim fazer. Sente-se ou pode observar de perto, eu vou explicando o que é.

— Está bem, *sensei*. Ficarei olhando de perto, se isso não te atrapalha, e se puder ajudar em alguma coisa é só falar. Afinal, sou uma enfermeira.

Akira voltou ao capacete.

— Akira-*chan*, o que é isso?

— Vamos por partes. Lembra que eu reparei nas manchinhas amareladas nos olhos de Kino? São difíceis de reparar, mas em quem as tiver esta operação que vou fazer é necessária.

— Operação, você diz?

— Não se assuste. É apenas uma osmose negativa. Tenho que capturar essas manchinhas, colocá-las na solução coloidal que existe nesse capacete.

O médico ajustou um controle centimétrico e aplicou dois pequenos tubos terminados em ventosas sobre os globos oculares, estranhamente abertos, da jovem astronauta.

— Eu já apliquei um anestésico na vista, ela não sofrerá dano algum. A operação leva alguns minutos. Ela ainda tem uma meia hora de sono. E vamos agir bem rápido, porque você não pode descuidar dos outros pacientes, não é mesmo?

— Posso demorar um pouco, porque os autômatos ajudam muito. Contudo, periodicamente devo verificar o serviço deles.

— Quando terminar a coleta nós a poremos de volta ao leito.

— Está bem, mas o que são as manchinhas?

Ele sentou no canapé e convidou-a a fazer o mesmo.

— Olha, Móbile, em princípio eu não poderia lhe contar. Mas as nossas vidas agora estão unidas, não é?

— *Sensei*...

— Promete que não dirá nada a ninguém, nem à sua família?

— Eu guardarei o segredo no que for razoável. Você mesmo o está quebrando para mim, não é?

— Bem... é um caso de segurança da espécie, querida. Uma coisa que surgiu na camada de Oort...

— Onde ela estava...

— Faz três anos a ONU, por consenso de todas as nações espaciais, decidiu interromper até segunda ordem a astronavegação para Oort. E isso por causa do estranho comportamento dos astronautas que de lá retornaram.

— O que houve com eles?

— Você mesma tem um caso diante de si.

— Depressão? Paranoia?

— Muito pior do que isso. Possessão.

Ela o encarou incrédula e, tomada de súbito medo, pegou em sua mão.

— Isso pode parecer coisa do passado, Móbile, falar disso em nossa época... porém alguma coisa na região de Oort se apodera das mentes das pessoas. Temos mantido isso em sigilo, mas... com a mania das grandes expedições, em quinze anos centenas de pessoas estiveram lá e nem todas puderam ser rastreadas depois.

— Mas o que é que se apodera delas? Um ser vivo?

— Ao que parece, sim. Um exame mais detido, porém, revelou que se trata de nanorrobôs.

— *Sensei*... posso mesmo crer nisso?

— Vou te dizer toda a verdade. Atualmente, a teoria dominante na

Cosmopol é que esses maquinismos vieram de um passado remotíssimo e de outro ponto da galáxia. Embora não possamos falar disso em voz alta, foram encontrados em vários pontos do Sistema Solar, como Marte, vestígios que falam em uma ou mais raças ancestrais. De onde vieram ou para onde foram, não sabemos. O que sabemos é que os nano-robôs penetram no cérebro e tomam o controle dele, realizando uma verdadeira possessão cibernética. A pessoa torna-se um zumbi.

— Akira-*chan*, que horror... e o que essas pessoas fazem...

— O comportamento vai se tornando estranho e, por fim, começam a atacar as outras pessoas, tentando passar-lhes a própria saliva pela boca... uma forma de transmitir os nano-robôs, que são auto-replicantes.

— Máquinas de von Neumann...

— Isso. Acredita-se que foram utilizados em alguma guerra cósmica há milhões de anos, e alguns deles ficaram derivando pela Nuvem de Oort, onde o gás interestelar se adensa em consequência do grande número de cometas, asteroides, meteoros e partículas de gelo cósmico...

— Mas e Kino?

— Ah! Essa deu sorte! Descobrimos que algumas vítimas possuem especial imunidade, os nanorrobôs que penetraram no cérebro de algum modo são drenados em grumos para o globo ocular, onde permanecem impotentes. Porém, a melhor coisa a fazer é retirá-los.

— E isto já foi feito antes?

— Várias vezes. A primeira foi com o engenheiro eletrônico Waldir Cinelli, que participou da Expedição Internacional Alpha-1, há cinco anos. Ele foi operado em Londres, na época da inauguração da Cúpula Churchill, de purificação atmosférica. E o mais interessante no seu caso é ter guardado alguma coisa da "memória racial", por assim dizer, que interagiu com o seu cérebro enquanto era um zumbi. Por isso nós temos hoje indícios vagos da guerra ancestral no Cosmos.

— Sempre os seres racionais trocando o amor pelo ódio...

— Waldir é brasileiro, e há muitas nacionalidades envolvidas. O risco é enorme, pois se a infecção se propagar poderemos contar com hordas de zumbis pelas ruas, como naquelas velhas histórias de *Resident Evil*. A única diferença é que a infecção não é biológica mas cibernética.

— Mas qual é o objetivo de uma tal coisa?

— Nenhum. Se a raça que bolou tal estratégia militar ainda existe em algum ponto do universo, não tem controle sobre essa colônia de microrrobôs esquecidos em nosso sistema. Pode até ser que estejam na Nuvem de Oort por algum acidente, um derrame ou vazamento de suas naves. Eles apenas seguem cegamente sua programação original, que é a de penetrar nos cérebros que encontrarem e controlá-los. Podem até possuir animais. Em suma, o perigo para a humanidade é muito grande e daí o sigilo...

— Mas por quê? Não é melhor contar a todo mundo a verdade?

— Existe o pânico...

— Sabia que ia dizer isso. Mas você gosta que lhe escondam coisas que podem afetar a sua vida?

— Móbile, pode ser que a melhor opção seja revelar ao mundo o que está acontecendo. Mas isso precisa ser feito pela ONU em comunicado mundial e oficial, ou por algum escritor com fama de maluco, mas não por nós. Poderíamos até ser assassinados por ordem do sistema.

— Entendo.

— Bem, eu preciso ir embora. Por sorte, locais como este não possuem mais chusmas de câmeras de vídeo, pardais eletrônicos... A crise energética e a jugulação do crime tornou isso supérfluo. Mas não convém demorar. Vamos trocar nossas direções e combinar nossos próximos passos.

— Vamos lá fora? Vou só fazer uma verificação rápida e depois saímos. Não tem nada de mais, eu tenho licença para ir na loja de conveniência. Você até pode tomar um café expresso comigo, *sensei*... antes de nos despedirmos.

Ele se lembrou de mostrar o frasco à enfermeira:

— Veja. Com este minimicroscópio você os enxerga.

Ela olhou. E nos pequenos grumos revelavam-se minúsculas criaturas de metal, de forma algo crustácea, com pinças e garras...

— Que horror! Coisas assim no cérebro da gente!

— E você acreditou em tudo o que eu contei, embora fantástico, antes que eu lhe mostrasse a prova!

Ela o fitou ternamente:

— Como eu poderia duvidar de você, *sensei*?

Eles tornaram a se abraçar e ela murmurou:

— Nós vamos nos casar, não vamos?

— Sim, é claro. Nunca pensei que poderia decidir um casamento no mesmo dia do início do namoro, mas o nosso caso é muito especial.

— Tão especial... *sensei*, eu me sinto como a Cinderela com seu príncipe... Eu, uma simples enfermeira recém-formada, com um dos maiores neurocirurgiões...

— Você nunca pensou em ser médica?

— Pensei, pensei. Eu moro com meus pais e meus irmãos, ajudo em casa... não tive recursos para uma faculdade de medicina.

— Que tal se eu pagar a sua faculdade?

Ela comprimiu ainda mais os seus braços.

— Akira-*chan*... não ouso lhe pedir isso...

— Não precisa. Eu o farei. E não recuse, para mim também é um investimento. Que mal há em ajudar a esposa nos estudos?

— Akira-*chan*...

Beijaram-se e ela comentou:

— Vai ser tão bom conviver com você... alguém tão carinhoso... mas diga uma coisinha, que plano você tinha, se achava que eu ia denunciá-lo?

— Ia ser complicado, Móbile. A Cosmopol me arranjaria um álibi poderoso e seria a minha palavra contra a sua.

Ela repousou o rosto em seu peito:

— Graças a Deus isto jamais acontecerá. Estaremos sempre juntos.

Epílogo

Senza Fine.

Pouco depois, emergiram na rua. O Mirai só tinha, visíveis na imensa fachada, algumas luzes acesas.

— Com que então você é um agente da Cosmopol e um médico ao mesmo tempo. Uma coisa não atrapalha a outra?

— Quando é assim, nós nos adaptamos. Não sou agente em tempo integral, mas conforme a oportunidade. E como médico neurocirurgião, sou uma peça estratégica.

— Entendo.

Deram-se as mãos e já iam-se encaminhar para a loja de conveniência na esquina, quando o relógio-telefone de Akira tocou.

— Pronto!

— Pode atender agora?

— Claro.

— Pode ver a televisão?

— Estou na rua, tem um telão no outro lado.

— Ligue-o em qualquer canal de notícia e comunique-se com a gente mais tarde.

— Ok, Umino.

Puseram-se em frente ao telão e o Dr. Akira ligou-o pelo controle remoto de telões que os celulares mais modernos possuíam. Pegou logo um noticiário e a notícia era de fato terrificante:

"Como podem ver, o centro do Cairo está tomado por essa estranha multidão alucinada. As autoridades locais falam de uma virose que penetra no sistema nervoso central. Essas pessoas atacam as sãs e procuram beijá-las ou mordê-las. Já se sabe que quem é atingido logo passa a se comportar de maneira semelhante... soubemos agora que fatos idênticos estão acontecendo em Bruxelas e em outras cidades do mundo..."

Móbile abraçou-se com muita força em Akira, e desta vez ela tremia de medo.

— *Sensei*, querido... o que vai ser de nós?

— Não se preocupe, meu amor — disse ele, afagando os sedosos cabelos da moça. — Sabemos o que eles são e como destruí-los. Temos já um antídoto. Se agirmos rápido isto será detido, ou viraremos uma raça de zumbis.

— Poderemos vencê-los?

— Não duvide da humanidade, ela tem muita força.

— Rezaremos também. Deus precisa dar uma mãozinha. Mas estando com você eu não tenho medo.

Pelo adiantado da hora, não se viam outras pessoas na rua, só alguns veículos. O noticiário mudou de assunto, Akira desligou o telão e, de braços dados, o casal se encaminhou para a loja de conveniência.

A SINFONIA DO ASTEROIDE

ESTEVAN LUTZ

"O vento varre as ruas desertas. Cães raquíticos cheiram corpos humanos em decomposição pelas calçadas, procurando, talvez, por seus donos. Começa o anoitecer. No céu, numa brecha de nuvens, uma luz surge. Não é uma estrela. Não é a lua. Tudo que consigo fazer é apenas observar."

A Sinfonia do Asteroide

O vento varre as ruas desertas. Cães raquíticos cheiram corpos humanos em decomposição pelas calçadas, procurando, talvez, por seus donos. Começa o anoitecer. No céu, numa brecha de nuvens, uma luz surge. Não é uma estrela. Não é a lua. Tudo que consigo fazer é apenas observar.

As pálpebras pesadas de Malcolm pareciam invencíveis. Era tarde da noite e os gráficos que representavam faixas de frequências espalhadas pelos monitores eram hipnóticos e morféticos. Mesmo assim, o silêncio e os desfiles das ondas deixavam-no relaxado. Era a sua terapia. Gostava de permanecer noites a fio no centro do SETI, em Mountain View, na Califórnia.

No canto da tela maior, um raro alarme piscou, tirando o pesquisador de seu estado de quase meditação.

— Opa! Esse é diferente! — falou para si, enquanto saltava animado da cadeira.

Analisou brevemente o padrão das ondas e isolou a frequência. Havia uma clara modulação. Converteu o sinal para áudio e colocou o fone de ouvido. Escutou por alguns segundos. A surpresa, então, se consolidou.

— *Alice!* — gritou com pulmões insuflados.

— Sou eu! — respondeu a assistente, calmamente, atrás dele. Malcolm não havia notado que ela recém entrara na sala.

— Ouça isso!

O pesquisador colocou o sinal nas caixas acústicas e colocou quase no volume máximo.

— Mas... É tão lindo! — observou Alice, com ar de fascinação.

— Ligue para o Benedict. Acho que estou emocionado demais para conseguir operar um celular...

— Sim!

O Doutor Benedict, com voz morosa, atendeu ao telefone que já vibrava há certo tempo sobre o criado mudo, ao lado da cama.

— O dia chegou!

— Malcolm?

— Benedict, se "teletransporte" para cá, agora! É sério!

— Malcolm, deve ser aquela mesma interferência de rádio vinda de alguma cidade vizinha, que eu já captei duas vezes no mês passado. Vai para casa dormir!

— Senhor, Alice e eu já conferimos tudo. A modulação é constante e está sendo transmitida em múltiplas faixas entre 17 e 18GHz, em redundância. Não existente interferência local nessa faixa! E, pasme... — O fôlego lhe era quase insuficiente devido à emoção. — A fonte do sinal e tão próxima que chega a ficar dentro do raio de nosso sistema solar!

— Como é?

— Ouça isso!

Na sede do SETI, Malcolm elevou o celular e foi para mais perto do sistema de áudio da sala de operações.

O diretor do SETI, Benedict Wolf, na pressa, estacionou seu Prius em cima do gramado da sede e entrou correndo no prédio. Enquanto se aproximava da sala de operações, começou a ouvir um acorde curioso ressoando pelo corredor. Ao ingressar na sala, deparou-se com as silhuetas exultantes de Malcolm e Alice, relaxados em suas cadeiras ao som de uma estranha, porém cativante melodia politonal sintetizada pelo computador. Era o som que ouvira pelo celular, no entanto, ante o bom sistema de caixas acústicas, aquilo era muito mais prazeroso. Malcolm fumava um charuto cubano.

— Mas... mas... o que é isso? — perguntou o diretor.

— Isso significa que o projeto não corre mais risco de ser encerrado e que vamos ficar famosos! — respondeu Malcolm, levantando-se para cumprimentar o diretor.

— Eu não consigo acreditar! — Benedict sorriu.

— Não é a coisa mais linda que já ouvimos? — perguntou a assistente.

— Ok, ok! Malcolm, relatório completo! — solicitou Benedict ao sentar-se diante da tela principal.

— Às 23h42 ocorreu o alarme de reconhecimento de modulação de diversos canais de frequência entre 17 e 18GHz, cujos sinais foram processados por dezenas de computadores pessoais através do SETI@Home. Foram recebidas redundâncias de usuários de todos os continentes. Os sinais foram captados pela antena de Arecibo. E, agora é a parte em que você cai da cadeira, a fonte emissora foi aproximadamente estimada em apenas quatro bilhões de quilômetros da Terra, próxima a Netuno!

Enquanto o pesquisador falava, Benedict, sem um piscar de olhos, navegava cuidadosamente pelas telas, conferindo as informações.

— Fantástico! Simplesmente fantástico! Mas, próximo a Netuno? Isso não faz sentido!

Malcolm concordou com última a observação do diretor, "não faz sentido". Como poderia um sinal que demonstra claramente ser procedente de uma civilização inteligente partir da periferia de nosso sistema solar?

— Pois... Talvez...

— Não vamos começar a especular, Malcolm. — Benedict virou-se para o colega, interrompendo-o. — Pegue o telefone e acorde todo o nosso pessoal. Eu vou ligar para o diretor da NASA. Vamos começar o quanto antes a trabalhar na decodificação desse sinal.

O diretor levantou-se, envaidecido, e, sob a melodia mais bela e instigante até então reproduzida naquela sala, reverenciou um quadro com a foto de Carl Sagan onde estava escrito: "Se não existe vida fora da Terra, então o universo é um grande desperdício de espaço."

Malcom pegou a caixa de charutos e ofereceu um ao superior. Eles estavam ali guardados para essa ocasião.

— Eu achava que nunca ia acender um desses! — comentou Benedict.

Discurso do presidente William Foster.

Sala de imprensa da Casa Branca.

Cinco dias após a descoberta do sinal.

"...Ao povo americano e aos povos de todo o mundo que agora nos ouvem. Viemos oficialmente fazer o comunicado mais importante da história da humanidade até o momento. Na última sexta-feira, dia 13 de setembro de 2013, cientistas do projeto SETI captaram uma transmissão em radiofrequência procedente do espaço. Um sinal cujo 'ruído' se revelou numa misteriosa melodia que muitos já ouviram, pois já percorreu o mundo através das mídias sociais. Apesar de todas as interpretações, de natureza mística e religiosa, que surgiram dos cinco continentes, os cientistas ainda não conseguiram decifrar se há um código em forma de mensagem por trás dessa incessante transmissão. O que descobrimos, até o momento, por meio da NASA e com imagens do telescópio Kepler, é que essa transmissão é procedente de um corpo celeste que se encontra já dentro do nosso sistema solar, a menos de quatro bilhões de quilômetros. Esse objeto é esférico, possui quase 300 quilômetros de diâmetro e apresenta uma superfície escura, fosca e regular, como uma rocha polida. É como se fosse um grande asteroide lapidado. Ele se desloca a uma velocidade média de 2500 quilômetros por segundo, quase um décimo da velocidade da luz. É um asteroide veloz. O objeto não está em rota de colisão com o nosso planeta. Não sabemos ainda se há vida inteligente dentro dele, no entanto, e pelo tipo de sinal que ele emite, nos faz crer que sim. Há cada hora que passa, a transmissão desse grande objeto é multiplicada para novas faixas de frequência. É como se eles realmente quisessem que nós os captássemos. Tentamos responder ao asteroide, nas mesmas faixas de frequência, com discursos de saudação em vários idiomas, enviando também imagens de nossa cultura, nossa receptividade pacífica, nosso ambiente, entre outras. Contudo, ainda não obtivemos 'resposta'. Somente a repetição do mesmo sinal que se mantém desde o dia de sua descoberta..."

A pior reação é a falta de reação! Os três últimos meses foram inexplicáveis. Meus gritos de revolta, ignorados pelo mundo, consumiam apenas a mim. O que poderia ser mais insano do que a complacência com mortes insanas?

As grandes redes de televisão do mundo estavam monopolizadas pelo assunto mais extraordinário de todos os tempos. Alguns canais mostravam imagens atualizadas diariamente pelo telescópio da NASA, outros mostravam a repercussão da "sinfonia do asteroide" por todas as culturas, e alguns exibiam debates ao vivo entre cientistas, ufólogos, místicos e religiosos.

A melodia fora disseminada também na internet. O som alienígena tornou-se, miraculosamente, viciante. As pessoas baixavam o arquivo para reproduzi-lo em seus celulares, computadores e aparelhos de som. Bandas e orquestras adaptaram a sinfonia para tocá-la com diferentes arranjos. Um renomado maestro afirmou que aquilo seria a décima sinfonia de Beethoven. Religiosos rebatiam afirmando que era a voz de Deus. "Seja o que for, agrada a todos que a ouvem, desde a primeira vez", era uma das capas do *The New York Times*. Carros de som chegavam a passear pelas ruas tocando a sinfonia do asteroide em volume elevado.

Apesar do contexto conturbado, a civilização não sucumbiu ao pânico, conforme algumas pessoas sempre profetizaram para quando esse momento chegasse. Ao contrário disso, um sentimento de harmonia global tornou-se imperativo.

Vinte dias após a descoberta, o Doutor Benedict estava contra o parapeito da sacada de seu apartamento, apreciando o poente e ouvindo a sinfonia pelo celular, com os fones de ouvido.

Os pesquisadores do SETI continuavam sem decifrar nada de concreto até esse momento, embora pareciam não mostrar mais tanta preocupação com isso. "É uma música. Ela não precisa esconder um código matemático por trás da amplitude, modulação ou harmônicas de suas ondas. Ela pode simplesmente expressar o amor... a alegria", resignavam-se alguns cientistas.

A televisão da sala de Benedict estava ligada num canal de notícias. "A NASA acaba de divulgar que o curso do asteroide sofreu alteração.

Agora, estima-se que ele passará bem mais próximo da Terra do que a distância que havia sido calculada anteriormente. Neste momento, o misterioso corpo celeste passa perto do cinturão de asteroides que fica entre Marte e Júpiter..."

O supervisor do SETI não prestava atenção ao programa de telejornal. Apenas à música que apreciava, ao sol que tingia o horizonte, às nuvens dispersas e ao confortável vazio que reinava em seus pensamentos.

Com um sutil e ambíguo sorriso no rosto, subiu no parapeito, equilibrando-se com cuidado e olhou ao redor pela última vez.

Saltou! A sensação que tivera, foi de uma queda lenta percorrendo um túnel onírico.

Seu corpo caiu por 17 andares antes de se arrebentar na calçada, próximo a um vendedor ambulante de eletrônicos que ouvia a sinfonia num pequeno estéreo.

A pequena multidão circundou o lago de sangue, sem demonstrar exaltação. Alguns nem chegaram a remover seus fones de ouvido. Depois de alguns minutos, uma ambulância chegou. Calmamente, os paramédicos retiraram o corpo e realizaram a limpeza do local. As pessoas se dispersaram.

"Cientista supervisor do SETI salta da sacada de seu apartamento em Mountain View. Mortes misteriosas crescem pelo mundo. Seriam simplesmente suicídios?" era a manchete do *Los Angeles Times*.

Malcolm Conor, ex-funcionário do SETI, estava no 767 da American Airlines, em voo para Chicago, para encontrar familiares. Quase todos os colaboradores do projeto haviam pedido demissão. Ninguém tinha mais interesse em saber o que aquilo poderia significar, apenas queriam ouvi-lo. Eram passados mais de trinta dias desde a descoberta do sinal.

Era noite, o avião estava na metade do percurso. Malcolm navegava pelos canais de notícias.

"Um novo mundo... As principais bolsas do planeta encerram suas atividades... Mortes acidentais aumentam dia após dia... Estamos nos entregando às graças do universo", foi o texto de um bilhete encontrado no bolso de um cidadão que saltou de um penhasco com seu carro...

Um mundo paralisado, porém sem saques e deturpação da ordem pública... Por que alguns ainda estão trabalhando?... Manifestantes recolhem-se a locais isolados e evitam qualquer meio eletrônico... Faltam 22 dias para o asteroide passar bem próximo à Terra!... Cientistas garantem que há risco de colisão... Asteroide está reduzindo a velocidade.

Apesar de muitos passageiros já estarem ouvindo a sinfonia em seus dispositivos móveis, o comandante a colocou no sistema de áudio da aeronave. A maioria dormia e o ex-pesquisador olhava as estrelas, através da pequena janela. Sentiu que o avião começou a perder altitude, sutilmente. "Parece que vamos pousar, mas falta tanto..." pensou.

Na cabine, os tripulantes trocavam, entre si, sorrisos discretos, enquanto a mão do comandante movia delicadamente a manche, colocando o 767 cada vez mais em trajetória de encontro ao solo. Malcolm suspeitou daquilo que poderia acontecer. Não se moveu e não chamou ninguém, apenas fechou os olhos. "Enxergou" a sinfonia.

Poucos minutos depois, sobre um campo no Estado do Kansas, a aeronave se espatifou e explodiu, não deixando sobreviventes.

Porém, me admira essa inteligente maneira de conquista. Criar uma música que hipnotize a vítima e a faça se autodestruir!

A transmissão alienígena expandiu sua frequência de tal forma que acabou interferindo com todos os canais de radio e televisão que ainda estavam em operação. Faltando quinze dias para o asteroide passar próximo à Terra, a sinfonia invadiu todos os lares, através dos meios de comunicação mais importantes.

Metade da população já havia se entregado à "libertação", termo que foi adotado para a iniciativa de causar a própria morte, e aqueles que ainda não se "libertaram", estavam cientes e preparados para seguir o mesmo caminho, com plena naturalidade. A libertação também ocorria de forma silenciosa e com muita discrição. Idosos e crianças simplesmente "apagavam" em suas camas e berços, por falência múltipla de órgãos, despedindo-se assim deste mundo.

Corpos tomavam as ruas, os estabelecimentos públicos e o interior das residências. O asteroide já era visível ao dia e brilhava com magnificência à noite.

Pequenos grupos que desde o início da divulgação da sinfonia optaram por não ouvi-la, baseando-se em supostas profecias religiosas ou místicas, refugiaram-se em pontos isolados do planeta, longe da civilização e de qualquer apetrecho tecnológico. No entanto, quando essas comunidades passaram a acreditar que seriam as escolhidas para sobreviver ao apocalipse, algo monstruosamente assustador aconteceu. A melodia derradeira retumbou por toda atmosfera do globo terrestre como uma trombeta sobrenatural. Os sobreviventes não puderam mais se exilar. Era inútil colocar tampões nos ouvidos ou procurar abrigos fechados, pois a vibração mais sutil da música, depois de algumas horas para quem a ouvia, já surtia o efeito inicial, que era o de ser apreciada de maneira incondicional. Poucos dias depois, a "libertação" chegara aos últimos povoados remanescentes. A possessão imposta pela sinfonia atingira o ápice de seu êxito.

O asteroide não passou próximo ao planeta Terra. Sua velocidade foi gradativamente reduzida e, depois, estacionou. Em seguida, entrou em órbita. Uma bela esfera polida fez presença no firmamento. Quase não havia mais humanos para contemplá-la.

Então, a sinfonia parou!

Eis o verdadeiro dia que entrará para a história desse mundo! Não foi quando ouviu-se aquele som pela primeira vez, nem quando descobriram o grande objeto que agora gira a nossa volta, como uma pequena lua. Tudo o que nossa civilização construiu está morto! Daquilo que chamaram de "asteroide", que era na verdade uma imensa nave interestelar, saíram centenas de naves menores que se espalharam pelo globo terrestre. Uma delas pousa há algumas dezenas de metros de onde estou, no Central Park, NY. Os seres humanoides que descem por rampas retráteis analisam o local. Creio que já devem ter me detectado. Não me veem como uma ameaça, pois, agora, os pouquíssimos humanos que restaram, aqueles que já nasceram sem poder ouvir, como eu, não conseguem oferecer resistência alguma aos conquistadores.

FIM

CONEXÃO KOLOB

MARCELO BIGHETTI

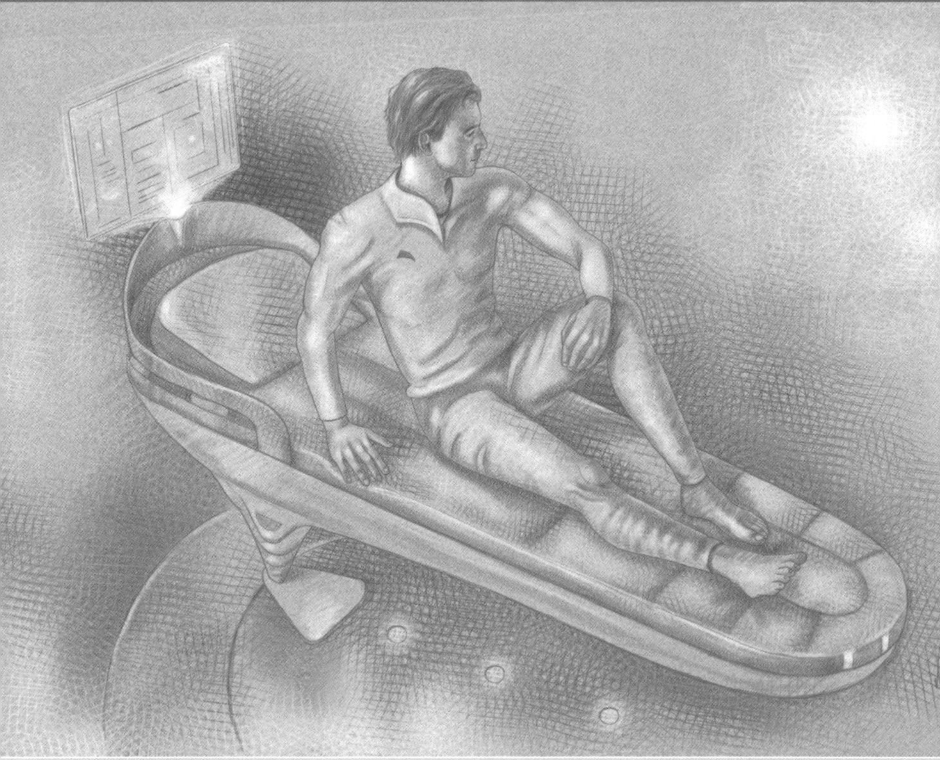

"O eco foi longo e dolorido. Sem exceção, todos tinham a cabeça entre as mãos quando o silêncio se fez presente. Entregues à exaustão mental, deitaram-se."

Sim, meu amor. Daqui a pouco estarei em casa. — O tom carinhoso de Silas ecoava dentro de seu carro, enquanto falava com a esposa ao celular.

— Venha logo e não demore. Já deixei as crianças com minha mãe.

— Só vou parar na padaria para comprar uns pãezinhos — mentiu, pois sua parada seria na floricultura. — Beijos e até mais.

Desligou o celular depois de ouvir o som gostoso do beijo da esposa do outro lado da linha.

Incrível como o tempo passou rápido, pensou enquanto avaliava tudo o que tinha acontecido desde o dia em que conhecera sua adorável Karina. Dez anos haviam se passado desde que dissera "sim" na cerimônia de casamento. Foram anos de desafios, mas muito gratificantes, principalmente pela vinda dos filhos. Mateus, com nove anos, e Rodrigo, com sete, eram a alegria do lar.

Inspirando lentamente, apreciou o agradável aroma do couro dos bancos enquanto seus pensamentos divagavam. O trânsito estava tranquilo nessa tarde de sexta-feira e ele pôde se dar ao luxo de dirigir sem muita preocupação. Karina havia preparado a comemoração meses antes. Ela comentou que dez anos de casamento eram bodas de alguma coisa, que não conseguia se lembrar no momento. Na realidade, só sabia que existiam bodas de prata e ouro.

Com o volume bem alto, cantava desafinado uma das músicas de que mais gostava do AC/DC: "Highway to Hell".

My friends are gonna be there too
*I'm on the highway to hell...**

---

*ESTRADA PARA O INFERNO
Meus amigos estarão lá também
Estou na estrada para o inferno...

Ao passar por um cruzamento, mal teve tempo de perceber o que aconteceu naquela fração de segundo, quando um caminhão passou o sinal vermelho.

Viu que algo grande se aproximava da lateral direita do carro, seguido de um estrondo ensurdecedor. Com o impacto, sentiu uma dor aguda no pescoço. Os vidros estilhaçados penetraram profundamente no rosto. A cabeça bateu violentamente no vidro da porta. Como se o tempo congelasse, contemplou com horror quando o carro era esmagado. Outro estrondo. Um poste, no seu próprio lado, o comprimia. Seu carro se transformava em ferragem retorcida, que abraçava impiedosamente suas pernas. O peito doía. As pernas doíam. Tudo doía. Antes que a escuridão o dominasse, só percebeu silêncio e as palavras da música ecoando em sua cabeça: *I'm on the highway to hell...*

Quando abriu os olhos, ainda desorientado, contemplou um teto branco. O ambiente era de uma claridade ofuscante e demorou até ele se acostumar. Por vários minutos, tentou compreender o que havia acontecido. Lembrou-se do acidente. O caminhão atingindo em cheio o carro. *Estou em um hospital?* Ainda olhando para cima, não pôde localizar nenhuma lâmpada. Parecia que o próprio teto irradiava luz. Com esforço, foi se levantando e sentou-se. Estava em uma espécie de cama e ficou fascinado com a visão do recinto.

Era uma área enorme, a se perder de vista. Incontáveis camas, iguais àquela em que se encontrava, espalhavam-se em todas as direções. As camas possuíam um estilo futurista, feitas de um acrílico branco com detalhes azuis. Muito bonito. Na cabeceira havia algo parecido com um monitor, como uma holograma. Todas as camas, até onde conseguia ver, estavam ocupadas. Assim como ele, milhares de outros estavam "acordando". Provavelmente era um despertar coletivo programado, pois todos se colocaram sentados em seus leitos quase que ao mesmo tempo. Como apreciador de bons filmes de ficção científica, essa visão o deixou atônito.

Onde estou? questionava-se, percebendo que todos ao redor também estavam "perdidos". *Será que fui abduzido? Estou morto? Caramba, justo no meu aniversário de casamento?*

Lembrando agora com mais detalhes, o acidente lhe pareceu grave. Relembrou das dores e começou a tatear o rosto e pernas. Fez uma avaliação completa e concluiu que se encontrava perfeito, sem ferimento algum. Estranho. Só não gostou daquela roupa branca, toda agarrada ao corpo que o fazia parecer um super-herói de quadrinhos. Só faltava a cueca por cima.

— Você se lembra de onde estava antes de vir para cá? — perguntou para a mulher ao lado.

— Bem, é difícil lembrar — disse, meio encabulada —, eu estava sendo abordada por ladrões, que começaram a abusar de mim, quando reagi e... — parou por alguns instantes — acordei aqui.

Depois de mais uma pausa, ela perguntou:

— Você também é de Berlim?

— Berlim? Como assim? — Silas ficou espantado com a pergunta e completou: — Sou do Brasil.

— Brasil? É que seu alemão é perfeito.

— Alemão? Mas que conversa de doido. Estou falando em português.

— Como assim? — perguntou, indignada. — É algum tipo de brincadeira?

— Eu é que pergunto se é brincadeira. — Silas começou a deixar seu ínfimo lado diplomático de lado.

— Estamos falando em alemão — insistiu ela.

— Claro que estamos. — Não sabendo ao certo se a ironia fora compreendida e como nunca gostava de discutir, principalmente com mulheres, disse: — Deixa pra lá.

Onde antes havia um completo silêncio, agora reinavam murmúrios. Silas se esforçou em se preocupar com a comemoração do aniversário de casamento, mas algo muito estranho acontecia. Parecia que nada mais tinha importância e que tudo o que aconteceu antes do seu despertar, estava se dissipando. Percebeu que os laços sentimentais estavam evaporando como orvalho ao amanhecer. *Como era possível?* Ele amava a esposa. *Como é mesmo o nome dela? Que coisa horrível isto*. E o pior é que nem sentimento de culpa vinha dessa inconcebível atitude. *Karina, sim, este é seu nome.*

Ao mesmo tempo, o conhecimento intelectual era realçado de uma maneira exorbitante, que fazia a cabeça doer. Na realidade, não era uma dor, mas uma sensação muito ruim. Enquanto o nível de conhecimento aumentava, seus sentimentos eram suprimidos. *E meus filhos? Como se chamam? Meu bom Pai Eterno, não consigo lembrar.* E como último recurso do desespero, gritou:

— Nãããoooo...

Como em um coral, e com sincronismo perfeito, sua voz se juntou a outras milhares, que assim como ele, chegavam ao limite do sofrimento.

O eco foi longo e dolorido. Sem exceção, todos tinham a cabeça entre as mãos quando o silêncio se fez presente. Entregues à exaustão mental, deitaram-se.

Silas, de olhos fechados, lutou arduamente contra a perda dos sentimentos pelos entes queridos. Enquanto tentava se apegar aos últimos fios de amor que o ligavam à esposa e filhos, uma voz foi ouvida por todos:

— Não temam e acalmem-se, irmãos.

Não era uma voz forte, mas penetrou profundamente em cada um. O efeito calmante dessas palavras foi imediato, e Silas, como os milhares ali deitados, sentiu as batidas do coração diminuírem e uma calma permear-lhe todo o corpo, assim como uma grande paz tomou-lhe a mente.

— Permaneçam deitados. Iremos explicar tudo.

Silas, ainda lutando contra a sobreposição do intelecto aos sentimentos, ponderou se era a voz que os acalmava, ou algum gás tranquilizante havia siso expelido. Por fim relaxou e ficou atento às explicações.

— Primeiramente, quero dar-lhes as boas vindas a Kolob. O planeta natal de vocês.

Como é que é? Silas quase pulou da cama, não fosse o efeito tranquilizante que o dominava.

— Meu nome é Ja'ohe, governante de Kolob. Sei que têm muitas perguntas, as quais gradativamente serão respondidas enquanto oficialmente os recebo de volta ao lar.

“Por um tempo vocês estiveram fora, habitando provisoriamente os corpos humanos no planeta Terra. Todos os que aqui estão passaram pela etapa que por lá é chamada de 'morte'. Sei que é informação quase inacreditável, mas acreditem, vocês estiveram na Terra apenas de passagem. Algo que já devem ter descoberto, é que estão falando uma única língua, e não mais as que falavam na Terra."

Que papo louco é este?

— Há milhares de anos, nossa espécie, em busca de planetas para povoar, encontrou um habitado por hominídeos primitivos: a Terra. Lá, viu-se a oportunidade de colonização próspera, mas nossos planos não saíram a contento. De alguma maneira, mesmo nossos planetas, estando na mesma dimensão, desenvolveram um desequilíbrio entre eles. Kolob e Terra não vibram na mesma frequência. Um dos dois está fora de fase, por assim dizer. Isto foi descoberto apenas depois que a primeira onda de colonizadores desembarcou, na qual percebeu-se que somos invisíveis aos seres que vivem lá, e que não podemos tocar em nada. Os pobres coitados ficaram flutuando, como se estivessem em um ambiente sem gravidade. A grande maioria pereceu, mas os que conseguiram se aproximar dos hominídeos sobreviveram de um modo único. Houve uma fusão entre os corpos. Não sabemos explicar ao certo, mas parece que nossos corpos, junto com os deles, se completam.

Toda essa história fantasiosa estava deixando Silas enojado. A vontade que tinha era de se levantar e sair gritando. Queria apenas a verdade. E o pior de tudo, é que lá nos recônditos de seu ser, sabia ser verdade tudo aquilo que era explanado no momento. Sentia que ali era seu lugar, seu verdadeiro lar, mas ao mesmo tempo uma ligação com a Terra não o deixava completamente tranquilo.

— Percebemos que a partir desta primeira união, ou "possessão" como muitos a chamam, aqueles hominídeos começaram a evoluir, tanto física, como intelectualmente. Com a morte dos hominídeos, nossos corpos são liberados, e não é mais possível voltar em outros corpos. Cada indivíduo de Kolob pode possuir apenas um terráqueo, até a sua morte. A vantagem que percebemos, foi com referência ao tempo. Os muitos anos que se passam com a união na Terra são equivalente apenas a algumas horas em Kolob. Assim, o que a princípio seria uma colonização, passou a ser uma exo-experiência.

Então quer dizer que a alma ou o espírito é um ET*?* Silas riu deste pensamento e gargalhou com o próximo. *Quer dizer que eu sou um alienígena? Ninguém merece.* E ficou sorrindo, ouvindo a voz que continuou com o relato entediante.

— Com o retorno da segunda onda colonizadora, que em breve teria o nome alterado para "onda de possessão", descobriu-se que no momento da união, uma amnésia ataca-nos, fazendo-nos esquecer de nossa vida pré-terrena, quando nenhuma lembrança de Kolob se manifesta. Com a morte do corpo na Terra e nossa volta, a amnésia gradativamente regride e as experiências que cada um viveu em ambos os planetas tornam-se unas.

Mas que grande porcaria! Será que sou o único aqui com vontade de levantar e gritar contra tudo isto? Silas não aguentava mais.

— Decidiu-se que a experiência começasse em tenra idade, assim, a partir da quarta onda, toda união era feita direto no feto.

"Muitos apresentaram algum dano psicológico no evento do retorno, principalmente com o fim da amnésia. Assim, foi decidido que esta rápida explanação seria proferida no momento da volta, para que a carga de lembranças que em breve retornará a vocês não afete de forma danosa a mente.

"Outro grande problema foram os laços afetivos que perduram após deixarmos a Terra, causando um abalo profundo na lógica de nossa sociedade. Portanto, depois da volta de muitas ondas de possessão, e com vários testes, conseguimos eliminar as experiências emocionais. Este local onde se encontram agora age como um anulador da bagagem emocional. Lentamente, vocês irão perder a lembrança dos entes queridos que tiveram, e provavelmente agora não compreendem com exatidão o que vem a ser isto, pois os efeitos anuladores já estão agindo."

Estão agindo uma ova, seu bastardo falador. Quero minha esposa e meus filhos de volta. Não deixarei que apaguem isto da minha vida. Silas começou a suar. Ele se esforçou para levantar-se, mas a força que o dominava era forte.

— A qualquer momento, os indicadores em suas cabeceiras acusarão que o procedimento está completo, e vocês poderão retornar às suas vidas normais.

Normal o caramba, seus filhos da mãe. Silas se colocou de pé gritando:

— *Não!*

Olhando ao redor, notou que outros cinco também se puseram de pé gritando.

— Muito bem — a voz soou calma como sempre —, temos aqui alguns que não tiveram seus elos de ligação totalmente rompidos com a Terra, e no momento devem estar sofrendo emocionalmente com a separação repentina que tiveram. Isto é normal, e quase que na totalidade do retorno das ondas de possessão, um ou outro continua ligado ao corpo terreno.

— E o que acontece comigo agora? — Silas questionou, olhando para cima de um lado para o outro, parecendo procurar alguma câmera escondida ou algo similar.

— Os que ainda mantêm um laço com a Terra, serão reenviados para que possam finalizar a experiência terrena, que findará com a morte do corpo que estão utilizando por lá, o qual por algum motivo ainda está vivo. — O tom da voz continuou o mesmo, uma cadência rítmica constante, que não demonstrava emoção alguma. — Os que estão em pé, por favor, sigam o corredor laranja até a sala de transferência, e os demais aguardem a liberação para a entrada definitiva em Kolob.

Silas viu surgir uma luz alaranjada delineando um caminho, semelhante a um corrimão. Lembrou de imediato do filme *Tron* e rapidamente seguiu andando, feliz da vida. *Logo voltarei para casa e comemorarei meus dez anos de casamento com minha adorável esposa.*

Silas tentou puxar conversa com os poucos, que, em silêncio, caminhavam junto dele:

— Gente, que loucura esta, não acham?

Ninguém comentou nada. Pareciam estar em choque, mas ele continuou a falar até que chegaram a uma área da parede que se abriu ao estilo de uma porta automática, e eles adentraram uma sala simples, com um dispositivo no centro, que para Silas assemelhava-se àquelas máquinas de raio-x para crânio, muito utilizada em ortodontia.

— Por favor — a voz que irritava Silas, novamente trouxe explicações —, um de cada vez, se posicionem no centro do aparelho, fechem os olhos e relaxem. Em instantes, vocês retornarão aos corpos originais que estavam utilizando na Terra e...

— Galera, se não se importam, eu gostaria de ser o primeiro — Silas interrompeu a voz e rapidamente se colocou em posição, fechando os olhos.

Um fraco zumbido foi produzido pela máquina. Silas respirou fundo, sentindo um leve formigamento se espalhar por todo o corpo.

Uma forte luz azulada tomou conta do local e a voz novamente foi ouvida:

— Por favor, o próximo.

Silas não estava mais lá.

Abrindo os olhos com dificuldade, Silas contemplou um teto branco.

Que droga, será que não voltei? praguejou consigo, mas logo constatou que algo estava diferente. Muito diferente. Havia qualquer coisa em sua boca que o impedia de respirar direito. Começou a sentir ânsia, pois algo passava por sua garganta. Começou a tossir e tentou se levantar, mas não sentia as pernas. Começou a virar-se de um lado para outro. Colocou as mãos na cabeça e percebeu vários fios.

Tentou gritar, mas ouviu apenas sons guturais saindo de sua boca.

Quando estava quase caindo da cama, duas moças se colocaram a seu lado.

— Calma, meu senhor, calma. Tudo vai ficar bem — disse a mais baixa, aplicando-lhe um sedativo.

— Vou avisar a administração para informarem a família. — A outra saiu rapidamente.

Em segundos, o medicamento fez efeito, fazendo Silas cair em um sono tranquilo.

Não sabia quanto tempo havia passado, mas novamente se esforçou para abrir os olhos. Quando conseguiu focar o teto branco, deu-se conta que não tinha mais os tubos na boca e nariz. Um alívio. Viu que dois homens estavam ali com ele. A princípio, pensou que eram médicos, pois desde a primeira vez que acordara, sabia que estava em um hospital.

— Vocês são meus médicos? — disse, espantado com a fraqueza e o tremor de sua voz.

— Que bom que você acordou. Se sente bem? — perguntou o mais próximo, ignorando a pergunta, e disfarçadamente olhando para o outro.

— Vocês não responderam minha pergunta.

— É que estamos esperando...

— Bom dia, senhor Silas, como está se sentindo? — Uma mulher loira, com cerca de quarenta anos, entrou abruptamente no quarto. — Sou a doutora Camila, psicóloga, e fui designada para ajudá-lo. Cavalheiros — disse, se dirigindo aos dois em pé —, por favor, contem a ele o que aconteceu.

Os dois se entreolharam e o que estava calado até o momento começou:

— É algo bem complicado de se explicar, mas tentarei ser o mais...

— Rodrigo, por favor, seja direto — ordenou a doutora.

— Desculpe interromper, mas poderiam falar logo? — Silas já estava irritado. — A propósito, quero falar com minha esposa. — Olhou para os três e ficou feliz por sentir sua voz um pouco mais firme. — Rodrigo é seu nome, né? — continuou Silas. — Bonito nome. Igual ao do meu filho. O que tem a me dizer, Rodrigo?

Com um suspiro profundo, o outro disse:

— Somos seus filhos, pai — disse ele, apontando para o irmão. — Sou o Rodrigo, e este é o Mateus.

— Que papo idiota é este? — Silas questionou de forma agressiva.

— Você esteve em coma por "vinte anos", desde o acidente. Lembra-se do acidente?

— Claro que me lembro do acidente, mas como assim vinte anos? Vocês estão loucos? Não pode ser...

Foi quando soube, olhando profundamente para os olhos dos dois homens, que eram mesmo seus filhos.

— Não pode ser. Lá em Kolob foram apenas poucos momentos...

— Kolob? — Camila pareceu interessada.

— Kolob é o pla... Deixa pra lá. Onde está minha esposa, doutora? Quero vê-la.

Os três se entreolharam e Mateus, com lágrimas nos olhos, disse:

— Pai... a mamãe faleceu há dois anos, e nunca permitiu a eutanásia, pois sabia que um dia você acordaria. E nós respeitamos seu desejo, mesmo depois que partiu.

Silas fechou os olhos e molhou o lençol de lágrimas.

FIM

SOB A PROTEÇÃO DA LUA

MUSTAFÁ ALI KANSO

"Sob a lua a sombra que se alonga é única"
Jorge Luis Borges

SOB A LUA A SOMBRA QUE SE ALONGA
É ÚNICA
JORGE LUIS BORGES

Sob a Proteção da Lua

Prólogo

Você sabe que o treinamento militar, embora seja radical e inexorável, é fundamentalmente simples.

Basta pegar um sujeito comum, que tenha certa propensão para a violência, e então submetê-lo a todos os tipos de exercícios, provas e privações que o tornem imbatível.

Pelo tempo necessário para que ele o obedeça cegamente.

Pelo tempo suficiente para que dele se extraia toda a humanidade.

Pronto! Você terá uma máquina perfeita para matar.

Chame-o de "soldado".

E toda a ação de extermínio que seu soldado realizar em seu nome, denomine simplesmente — missão.

I

Eu ainda me recordo.

Lia apareceu no início da noite. Pediu para que eu fechasse as cortinas. Parecia febril.

— Quer beber alguma coisa? — perguntei, enquanto pegava dois copos de minha anacrônica cristaleira.

Lia tentou sorrir.

O espelho de cristal enquadrou sua linda tentativa.

Ela possuía uma aura fora do tempo e era indubitável o seu poder sobre mim.

Eu a conhecera no hospital da corporação.

Fora ela quem extraíra os estilhaços de granada de meu crânio, alojando-se, desde então, em meus pensamentos. Uma irônica compensação.

Tive de deixar de ser soldado por um tempo, principalmente devido às terríveis dores de cabeça que pareciam querer explodir as minhas têmporas. Sequelas inexoráveis daquele tipo de cirurgia.

Tive sorte, se comparado aos meus colegas de pelotão. A maioria deu baixa aos pedaços.

Também usei muletas. Muletas químicas para ser exato. Opioides em qualidade e quantidade que dopariam uma manada de elefantes, se ainda existisse alguma.

Naquela época eu já sabia o quão imperativo era a dopagem de nossa alma. Só assim suportaríamos toda a espécie de maldades que fazíamos uns aos outros.

Já se iam depois disso, pelo menos dois anos.

Vieram medalhas e o glorioso retorno.

— Água, por favor — disse-me numa voz um tanto cansada.

Retirei minha melhor garrafa de água potável do cofre gelado da cozinha — aquela que é tratada com cádmio e grafita para remover a radioatividade residual —, e servi os dois copos.

Bebemos em silêncio por alguns instantes. Depois entrei em seu assunto predileto:

— Assim que você chegou minhas dores de cabeça desapareceram.

— Não sei se acredito em você — disse, acariciando delicadamente meu rosto maltratado e repleto de cicatrizes.

Mas era em parte verdade.

Seu jeito de enfrentar a vida com leveza parecia uma brisa que, vez por outra, refrescava aquele meu setor particular do inferno.

Mas, naquela noite, eu a senti algo tensa. Seu sorriso estava nublado.

— O que foi? — perguntei, enquanto correspondia seu afago.

— Eu não sou quem você pensa, Roberto. Tenho escondido muita coisa de você.

— Eu sempre suspeitei de você, minha quinta coluna predileta! — brinquei.

Ela me olhou surpresa.

— Mas isso não importa — completei, sorrindo. — Nós nos mudaremos para o norte se for preciso.

— Você não tem ideia onde está se metendo, Roberto.

— Eu tenho sido militar a vida toda. Norte contra o sul. Leste contra oeste. Tem sido assim desde sempre. Que diabos, se eu não puder correr algum risco por você, por quem então eu correria?

Ela parecia travar uma luta interna.

— Eu preciso de um grande favor — disse afinal, para depois completar: — Você pode guardar isso para mim?

Colocou sobre a mesa uma pequena caixa que retirara de sua mochila. Parecia algum tipo de relicário.

Tomei-a nas mãos. Lembrava granadilho ou ébano, mas seu peso surpreendia.

— Então essa é a tal caixa de pandora? De qual museu você roubou?

— Da Lua.

— O que tem aqui? Posso saber?

— É um tipo de material lunar.

— Material lunar? Então você não estava brincando.

A caixa era coberta por inscrições num alfabeto desconhecido e parecia ser coisa muito antiga. Logo encontrei um fecho embutido. Puxei o canivete para abrir.

Lia segurou minha mão.

— Por favor, não abra! Pode ser perigoso para você. Apenas a guarde para mim. Até eu encontrar um comprador.

Material lunar? Que estranho, pensei.

Os chineses mineravam a Lua há décadas. Que novidade poderiam ter encontrado em rochas lunares? E por que guardar uma rocha lunar em um recipiente tão exótico?

Não fazia sentido.

Meus pensamentos percorreram os campos áridos das minhas recordações, conseguindo resgatar alguns de meus momentos com Lia.

Seus olhos amendoados represavam muitos segredos, eu já intuíra isso há muito tempo. No entanto, meu corpo carente também recordava, aos pedaços, de toda a alegria compartilhada. De todo o sentido que ela dava a meu deturpado jeito de viver.

Assim como um bálsamo, ela se derramava sobre a ferida aberta que era a minha vida.

— Como quiser — eu disse calmamente, enquanto trancava a caixa no cofre gelado da cozinha ao lado de minha preciosa ração de água e dos meus morangos hidropônicos.

Ao ver a importância que eu dava ao caso, ela finalmente baixou sua guarda e eu, já há muito desarmado, correspondi a toda sua carência, antecipando o beijo.

Eu estava consciente que, mais uma vez, Lia me envolvia em suas teias, penetrando meus poros, enraizando-se em minha alma.

Eu sabia que no dia seguinte, movida por seus segredos, provavelmente ela se misturaria à multidão anônima e talvez sumisse para sempre.

Também sabia que isso provocaria em mim a dor maior da abstinência, como um drogado que, privado da razão de seu vício, sofreria imensamente todos os dias a falta que ela lhe faz.

Mesmo assim não reagi. Seria inútil. Não existia antídoto para esse tipo delicado e viciante de veneno.

Por fim, nos refugiamos em meu quarto e nas horas que se seguiram pude me sentir pleno uma última vez.

Depois, para completar aquela noite perfeita, Lia dormiu aconchegada em meus braços.

II

Olhamos pela janela ao mesmo tempo.

Amanhecia. Uma fina garoa começava a cair enregelando a paisagem.

Mesmo com a baixa temperatura, as gotas ácidas faziam seu estrago nas calçadas. Nosso legado para as gerações futuras, pensei.

O céu estava verde amarelado. Logo a neblina tóxica baixaria mais uma vez. O *smog* fotoquímico exigiria um reforço nos filtros de ar.

Lia levantou-se.

— É perigoso sair agora — disse-lhe, no meu tom preocupado de sempre.

— É só uma garoa e eu trouxe meu traje de politetrafluoreto com respirador.

— Mesmo assim, fique mais um dia — disse-lhe enquanto a puxava carinhosamente de volta para a cama. — A chuva não tardará a passar. Está no boletim.

— Não posso. Tenho que ir.

Antes que eu pudesse perguntar por que, Lia me beijou a boca, demoradamente.

Era sua forma de pedir para que eu não perguntasse.

Depois, deitou-se sobre meu peito buscando meu abraço. Seus longos cabelos lisos caíram sobre o meu rosto como uma cascata negra.

Senti, então, o calor úmido de suas lágrimas.

Lia chorava um pranto miúdo e sentido, e num soluço me beijou novamente.

Um vazio sideral despedaçou meu peito.

Aquela talvez fosse nossa despedida.

III

— Você já matou alguém, Sabatini? — Dornelles me perguntou, à queima-roupa.

— Sim, senhor — respondi sem hesitar.

— E como foi?

Olhei ao redor. A sala carpetada. Painéis de madeira. Arquivos de metal.

Puro estereótipo de um quartel decadente e atávico. Um pedaço de câncer militar extraído do século XX e conservado em formol contaminado.

Duraria, assim, daquele mesmo jeito sórdido, pela eternidade.

Olhei para meu superior imediato. No lugar de um rosto, uma muralha. Nenhuma fresta. Mas mesmo assim percebi que ele me testava.

Devolvi a pergunta:

— O que gostaria de saber, senhor?

— Foi quando estava na Legião?

— Sim, senhor.

— Onde?

— Nova Caledônia, senhor — respondi tentando manter o controle.

Porém, um fragmento de memória escapou de meu organizado cerco.

Apenas por um instante, o cheiro de fogo e morte venceu a assepsia de meu silêncio interior. O silêncio químico que vinha em ampolas.

Minha infância miserável passou pelos meus olhos em uma fração de segundos. Fora gestado pela violência e ela se tornara parte indissociável de mim.

A dor excruciante que virou rotina apenas me transformou em uma ameaça mais palpável — mais real.

Eu sempre fora mau, no entanto, essa dor crônica me fizera pior.

E ironicamente, um ser humano que é em essência desumano, sempre dá um ótimo soldado.

Minhas únicas opções sempre foram o quartel ou a vala comum. Talvez devesse escolher a segunda. Talvez minha vocação fosse a de morrer um pouquinho todos os dias.

O pior é que essa teimosia de não querer viver me faria viver para sempre.

Outra ironia.

— O que você sentiu? — Dornelles perguntou de pronto.

Que os mortos enterrassem os mortos, consegui pronunciar em pensamento. Esse repetido clamor milenar sempre sustentava minha mão muito antes de ficar trêmula.

Era o jeito particular de minha alma prestar continência.

— A satisfação do dever cumprido, senhor — respondi friamente.

— E se tivesse que matar mais uma vez, Sabatini, você o faria?

— Se isso fosse uma ordem, senhor, eu o faria.

— Viu Lia recentemente?

Uma luz de alerta se acendeu em minha percepção.

Não precisaria ser muito inteligente para deduzir aonde Dornelles queria chegar. Provavelmente Lia fora seguida desde que saíra da corporação. Mas por que não a prenderam assim que ela chegara ao meu apartamento? Ou mesmo quando fora embora?

Talvez isso fosse mais um teste de lealdade.

Respondi de pronto.

— Sim. Ontem mesmo, senhor. Ela veio me procurar.

— O que ela queria?

— O usual. Beber da minha água, comer de meus morangos e deitar-se em minha cama.

— Ela ficou muito tempo? — perguntou, deixando escapar intencionalmente o esboço de um sorriso.

— Pernoitou, como de hábito.

— Sobre o que conversaram?

— Ficamos em silêncio a maior parte do tempo. Depois falamos da chuva.

Dornelles fingiu sorrir mais uma vez, feito um ator medíocre aprisionado em seu melhor papel.

— E se a corporação lhe pedisse a morte de Lia?

— Essa pergunta é sem sentido, comandante. Mesmo que eu não concordasse com a missão eu responderia que sim, não responderia? Senhor.

— De fato. Mas eu gostaria de ouvir você dizer sim em qualquer das hipóteses.

— Como queira, senhor. Se a corporação me pedisse a morte de Lia, eu a mataria sem hesitar — menti.

— No entanto, não queremos a morte de Lia. Nem a corporação, nem eu e nem você. Queremos apenas que a encontre e a traga de volta. Viva.

— Ela fugiu mais uma vez, senhor?

— Sim. E levou com ela algo que nos pertence.

— Ela roubou o hospital?

— Retirou uma amostra do nosso laboratório. Está numa caixa como esta — ele disse, retirando o objeto de uma gaveta.

Era uma caixa de madeira vermelha finamente envernizada. Totalmente diferente daquela que Lia me entregara e que nesse momento descansava em meu cofre gelado ao lado de meus morangos.

Tomei-a nas mãos, fingindo interesse. Não iria demonstrar que eu conhecia a caixa verdadeira.

— O que tem dentro?

— Não sabemos ao certo. Parece ser algum tipo de poeira lunar. Por isso não abra a caixa quando encontrá-la. Em nenhuma hipótese.

Como é um pó extremamente fino, ele pode se dispersar muito rapidamente no ar e seria quase impossível recuperá-lo. Simplesmente traga a caixa para cá.

Eu assenti com aparente tranquilidade, mas pude perceber que Dornelles estava mentindo mais do que o usual. Seu discurso fora escrito por quem?

Concluí que Lia estava em perigo. A conversa sobre matar tinha apenas um significado.

No entanto, o fato mais importante que Dornelles ignorava é que não restava em mim mais nada do velho Roberto Sabatine. Nem disciplina.

IV

Luzes no ar. Lançamentos sucessivos. Missões de mineração na Lua.

Eu pesquisei todo o ocorrido na casa de Lia. Tive acesso privilegiado aos seus pertences, afinal eu estava oficialmente no caso.

Encontrei em sua casa farto material de pesquisa.

Fotos de cápsulas resgatadas no mar. Clipes tirados de câmeras de satélites. Quilômetros de formulários impressos. Relatórios e relatórios.

Estava tudo ali. Menos o que interessava.

Fiz uma sondagem nas paredes. Encontrei o painel oculto.

Depois de alguns minutos com meu instrumental mais preciso, consegui abrir o painel.

Estava repleto de documentos e mais fotos. Algumas do satélite Lunar VII e outras da sonda Selene IV.

Isso interessava.

A princípio não acreditei. Um sítio arqueológico no lado oculto da Lua era fantástico demais.

Uma construção subterrânea com inscrições em uma língua desconhecida. Realmente incrível. Era a descoberta do século. No entanto um sigilo absoluto. Por quê?

Encontrei vários trechos com tentativas de traduções. Datavam de antes da guerra. Uma palavra se repetia: "Imortalidade."

Bingo. A caixa preta. A caixa de Pandora. Muitas fotos do estranho artefato. Lia aparecia em muitas delas, algumas muito antigas — também de antes da guerra.

Ficou claro para mim que Lia pertencera à primeira equipe de cientistas que investigara aquela insólita caixa. Porém não envelhecera sequer um dia.

A caixa preta parecia ser a chave de tudo.

E o pior é que nas galerias subterrâneas lunares não fora encontrada apenas uma dessas caixas, mas centenas. Talvez milhares. Talvez milhões. Idênticas, tal qual a que Lia me entregara.

Porém, o que me provocara calafrios é que uma dessas coisas estava guardada em minha geladeira.

V

Fiquei surpreso ao encontrar meu apartamento intacto. Incólume. Nem um sinal de arrombamento.

O cofre gelado continuava engastado na parede da cozinha e dentro dele a Caixa de Pandora, igualmente intacta, pedia para ser aberta.

Muito estranho.

Ou Dornelles de fato confiava em mim ou o jogo era muito mais complexo do que eu imaginara.

Tirei a caixa do cofre e avaliei sua construção.

Seu peso e textura insinuavam uma composição metálica. As inscrições em relevo traziam aquela palavra repetida.

A despeito das recomendações, eu precisava abri-la. Talvez fosse a única pista que me levasse até Lia. Precisava encontrá-la antes de Dornelles.

Por isso destravei o fecho embutido. Com um leve silvo, a caixa se abriu.

A princípio fiquei desapontado.

A caixa parecia vazia a não ser por uma fina camada de um pó negro que cobria o fundo.

Inclinei levemente a caixa para iluminá-lo.

Assim que a tal poeira recebeu a luz direta, seus pequenos grãos começaram a se mover freneticamente como diminutos insetos.

Antes que eu pudesse fechar a tampa, as coisas escaparam da caixa e correram pela minha mão e depois pelo meu pulso entrando pela manga da farda.

Larguei a caixa sobre a mesa da cozinha e, rapidamente, tirei a jaqueta e depois a camisa.

Tarde demais.

Aquelas pragas tinham abertos sulcos em meus pulsos e caminhavam lentamente sob minha pele.

Incrédulo, pude assistir as criaturinhas entrando, uma por uma, em minhas veias.

VI

Abri os olhos com dificuldade. Percebi que caíra ao lado da cristaleira. Tentei mover meu corpo sem sucesso. Estava completamente paralisado.

Mesmo nesse estado de semiconsciência me dei conta de que toda aquela encenação sobre a caixa não passara de um ardil.

Eu fora enganado direitinho. Tanto Lia quanto Dornelles queriam que eu abrisse a caixa e fosse exposto aos organismos. Só não entendia o motivo de tanto teatro, se seria bem mais simples me prenderem em um laboratório desde o começo.

Talvez minha colaboração espontânea fosse um componente importante no mecanismo de infestação, pensei.

Para confirmar a dedução, pude divisar uma equipe de técnicos de minha unidade andando pelo apartamento. Todos estavam envergando o traje completo contra risco biológico e rapidamente recolhiam e ensacavam os meus objetos pessoais e, por fim, eu mesmo fui isolado num sofisticado sarcófago de vidro.

Tudo conforme o regulamento, e eles não sabiam que também estavam sendo usados.

Foi nesse instante que vi Lia e Dornelles se aproximando. Pude perceber que ele era comandado por Lia e não ao contrário, como faziam parecer.

E mesmo com lapsos em minha vigília, consegui ouvi-la gravando seu relatório. Ela falava pausada e articuladamente.

— Cobaia número 42. Fase um de contaminação bem-sucedida.

Lia sempre fora muito meticulosa como médica, imagine só como quinta coluna.

VII

Quando despertei, percebi que os insetos lunares que nadavam em minhas veias estavam fazendo um ótimo trabalho de metamorfose. Boa parte de meu corpo já se parecia com aquela poeira negra.

Porém, a minha situação era, no mínimo, irônica.

Excetuando o desconforto de estar amarrado na mesma posição, eu nunca me sentira melhor.

As terríveis dores de cabeça haviam desaparecido.

A despeito de todo o terror que a infestação em meu corpo poderia provocar eu sentia uma serenidade e uma alegria inexplicáveis.

Talvez fosse o efeito de alguma droga que aqueles organismos estivessem inoculando em meu corpo.

Já lera que muitos hospedeiros eram narcotizados por seus parasitas, sempre com o intuito de tornar o trabalho de infestação mais efetivo.

Não sei como, mas uma das enfermeiras que me monitorava percebeu que eu despertara. Avisou sua colega de plantão e ambas se aproximaram de meu sarcófago. A primeira perguntou solícita:

— O senhor sente alguma dor?

Respondi que não.

Ambas se afastaram assustadas. Acho que a voz que ouviram não era mais a minha.

Lia apareceu logo em seguida. Talvez as duas a tivessem chamado. Não sei.

Ao posicionar-se ao lado do caixão de vidro, não pude deixar de perceber ternura em seu olhar. Depois que as enfermeiras saíram da sala, ela perguntou em voz baixa:

— Por que abriu a caixa, Roberto?

— Eu precisava encontrá-la antes de Dornelles. Achei que ele queria matá-la.

Ela sorriu e me estendeu a mão, que, inacreditavelmente, atravessou o vidro do caixão.

Parecia que os pensamentos de Lia dançavam ao meu redor e seu rosto moreno se transfigurava em cores que eu nunca tinha visto.

Quando ela me tocou, captei a força de seus pensamentos e a riqueza de suas memórias, que escorreram para mim como a água escorre pelas vertentes de uma montanha.

Eu entendi que havia passado no teste.

A metamorfose estava completa.

Epílogo

De repente eu estava flutuando sobre o meu caixão, que guardava apenas cinzas.

Ao lado, pude ver outros caixões iguais. Talvez cinquenta ou cem. Todos contendo soldados em estágios diferentes de transformação.

Se você entrasse nesse hospital, ficaria horrorizado. Seríamos apenas pobres vítimas de uma infecção generalizada promovida por um patógeno desconhecido.

No entanto, eu já conseguia entender todo o processo.

Meu corpo passou a ser formado por partículas etéreas que poderiam se reagrupar em qualquer arranjo que eu quisesse. Eu poderia emular minha antiga forma humana perfeitamente e sentir tudo como sempre sentira. Menos as dores.

Foi com alegria que aprendi a usar meu novo corpo para realizar verdadeiros prodígios.

Num instante eu estava atravessando as terras devastadas pela guerra e pela exploração.

Em outro instante eu já estava sobre a superfície da Lua banhada pelo Sol.

Sentia uma espécie de euforia.

Caminhei sobre a poeira milenar sem deixar nenhum rastro.

Em essência, eu era constituído apenas de sombras e pensamentos.

Percebi que Lia também estava lá. De alguma forma ela ainda segurava minha mão.

Olhávamos para Terra.

Recordei toda a nossa história.

A Lua fora sempre uma guardiã da Terra e de toda a vida que ela abrigava.

Por isso, possuía sempre a mesma face apontada para sua protegida em eterna vigília.

Em tese eu sempre suspeitara que essa característica fora sempre muito providencial para ser casual.

Entendi que fomos preservados em vida latente dentro daquelas pequenas caixas para que o nosso despertar fosse oportuno. Teríamos uma tarefa difícil, eu recordei. Salvar a terra da depredação, livrando-a de seus parasitas. Estes que a infestavam na ordem de bilhões.

Sei que é um serviço gigantesco, com contornos épicos — é algo que não se faz da noite para o dia.

Por isso, sempre que você olhar para a Lua lembre-se de nós. Lembre-se que estamos nos preparando sob um treinamento radical e inexorável.

Somos poucos agora, mas em breve seremos milhões.

Chegará o dia que toda a nossa humanidade será arrancada de nós.

Assim, quando nos vir chegando poderá nos chamar simplesmente de soldados.

E nesse dia, nós o chamaremos simplesmente de missão.

fim

HOMENZINHOS VERDES NÃO EXISTEM

TIBOR MORICZ

"O truque mais esperto do Diabo é nos convencer de que ele não existe."
Charles Baudelaire

O truque mais esperto do Diabo é nos convencer de que ele não existe
Charles Baudelaire

Homenzinhos verdes não existem

Pane no sistema elétrico. Os faróis da frente apagaram. Ou algum fusível queimou. Vai saber. Preguei a cara no para-brisa. O luar quebrava o galho, dava pra ver a estradinha de terra batida, mas não com muita nitidez. Inventei de pegar um atalho, me perdi. Furioso. Puto da cara. Era pra ter chegado a São Paulo fazia pelo menos uma hora. De picada em picada, me embrenhei tanto que fiquei sem nenhum senso de direção. Pelo menos o painel ainda exibia a luz azulada dos mostradores. Marcador de combustível pelo meio. Tinha o suficiente para me manter na procura por mais algumas horas. Deveria ser o suficiente. Que fim de mundo seria esse que logo não apresentasse alguma morada?

Um buraco me fez saltar no banco e bater a cabeça no teto do carro. Brequei num rompante e vi a nuvem de pó que se ergueu. Vidros abertos... era noite quente. Tossi engolindo pó e abri a porta saindo do carro. Estava de saco cheio. Cansado, irritado, constrangido. Que ideia de merda querer inventar um atalho. Principalmente em terreno que não conhecia. Para quê? Escapar do pedágio? Foda. Um punhado de reais que acabaria me custando caro. Quando o pó baixou me viu metido em matagal. O barulho das cigarras e de outros bichos. Ruídos estranhos. Olhei o carro, vistoriei os pneus e a suspensão com a lanterna que um aplicativo acrescentava ao meu *smartphone*. Tudo certo, tudo OK. O buraco não tinha causado nenhum prejuízo. Seria uma merda descobrir a suspensão estourada. Bem, podia chamar alguém pelo celular, mas e a vergonha? Ia ter que aguentar gozações. Não estava disposto. Pensei no GPS e fiquei com mais raiva. De mim mesmo. Era um burro, só podia. O danado estava quebrado no porta-luvas. Me prometi mandar consertar fazia dois meses. Claro que não mandei. Claro. Era um burro. Um idiota. Também não tinha conexão 3G pro celular. Olhei as horas e tive vontade de chorar. De ódio. Duas horas da madrugada. Du-as ho-ras! Me apoiei na lateral do carro, enfiei a cara entre as mãos e fiz um bom esforço para controlar a raiva. E se voltasse? E se tentasse achar o caminho de volta? O caralho. Tinha entrado em tantas direitas e esquerdas, pegado tantas bifurcações, que era mais fácil chegar ao inferno que a São Paulo.

Voltei para o interior do veículo. Fiquei parado, inerte por alguns minutos. Não sabia se ia em frente, se voltava, se ficava ali mesmo, tonto, olhando o vazio. Então me lembrei dos fusíveis. Só podia ser um deles. Usei o recurso da lanterna do Smartphone mais uma vez e abri a tampa do painel de fusíveis. Tirei um por um, verifiquei. Achei um queimado. Era o filho da puta que me deixou sem faróis. Vasculhei o porta-luvas. Tinha de tudo lá. Fiz a troca e os faróis acenderam. Bati palmas. Dei risadas, me senti bem como não vinha conseguindo me sentir nas últimas horas. Pelo menos uma vitória. Uma mísera vitória. Girei a chave na ignição, o motor tossiu e depois roncou. Revigorado, com mais ânimo, segui em frente. O ânimo, porém, esmoreceu depois de alguns minutos. Não havia mudanças na paisagem. Terra batida, pedras e pedriscos, buracos traiçoeiros, barrancos súbitos. Mato pra todos os lados. Tive vontade de chorar. Vontade também de acelerar o carro com tudo, pisar no acelerador, me arremessar contra a mata, arrebentar as fuças nos troncos, comer capim. Uma onda de ódio se alastrou dentro de mim. Mas um ódio de mim mesmo, uma vontade louca de arrancar as roupas, rasgar tudo, pisar em cima, morder o volante até tirar pedaços, chutar os bancos, rilhar os dentes e gritar até ficar rouco. Em vez disso me vi, de repente, mergulhado na mais absoluta escuridão. O carro apagou. Apagou o motor. Apagou tudo. Meti o pé no freio e parei o veículo num tranco seco. Tentei a chave na ignição algumas vezes, mas nada de resposta. O ódio se transformou no mais puro e palpável desespero. Lamúrias. Lágrimas. Frustração.

Desci do carro mais uma vez. Lento, arrastado. Bati a porta imaginando o cenário. O pior deles. Pane elétrica geral. Daqueles que só um guincho e um eletricista resolveriam. Isso exigiria o uso do celular. A vergonha de admitir que perdi. Que fui derrotado pela minha própria burrice. Tirei o aparelho do bolso da camisa e olhei pra ele. Apertei botões. Nada de funcionar. Não podia ser. *Não podia*. Até o celular... então me debrucei na rua esburacada e tentei chorar, mas não consegui. Nem isso. Sem carro, sem celular. Que mais me restava fazer? Dormir.

Isso. Dormir o que me faltava de noite. Pela manhã pensaria em alguma coisa. Em qualquer coisa. Faria uma fogueira. Sinais de fumaça. Procuraria troncos ocos e bateria neles. Gritaria até estourar os pulmões, caminharia até ser atacado por animais carnívoros. Javalis, talvez. Tinha javalis naqueles matos? Não sabia. Não queria saber. Preferia estar morto que aguentar a trollagem dos amigos. Então uma luz forte apareceu. Vinha da estrada, ao longe. Exultei. Senti uma alegria tão grande que comecei a rir que nem um bobo. Estava salvo. Estava. Isso mesmo. Até que enfim alguém surgiu naquele fim de mundo. Podia ser qualquer um, até mesmo ladrões. Foda-se, pensei. Foda-se. Gente era tudo o que vinha procurando há horas. Caminhei até a traseira do veículo, me postei alguns metros além dele, olhares ansiosos acompanhando a lenta evolução do ponto de luz que aumentava devagar, ficando bem maior do que esperaria dos faróis de um carro. Porra, um trem! O *Titanic*. O *Nimitz*. Que porra era aquela? Carro, o caralho. Aquilo não era um carro. Um Boeing 727. Porra! Não estava na estrada, mas acima dela. Acima das copas das arvores. Era grande o negócio. Grande pra cacete! Meu Deus é um... É *um*...

Abri os olhos, sonolento, e me vi sentado a uma mesa. Me pareceu normal que estivesse lá mesmo que não soubesse como e desde quando. Comprida e larga, de madeira escura. Mais seis pessoas se sentavam junto a ela. Sala ampla, paredes forradas por tapetes, quadros com molduras cheias de rococó, personagens sóbrias em óleo sobre tela. Poltronas, aparadores, decoração pesada, estilo quase fins do século dezenove. Ambiente penumbroso, iluminado parcamente pelas velas que tremulavam num castiçal sobre a mesa. Tive a impressão difusa de um ondular nas paredes como se eu estivesse mergulhado em sono profundo e isso fosse apenas um sonho. Um sonho pra lá de estranho.

Os presentes olhavam para mim como quem espera alguma manifestação. Eu, por minha vez, olhava para eles como se os estivesse vendo pela primeira vez na vida. Forçava-me a tentar reconhecê-los e havia um fio de esperança nesse sentido. Eram-me estranhamente familiares. Os olhos, as expressões, as tensões mudas.

— Que porra de lugar é esse? Como vim parar aqui? O que querem de mim? — perguntei num fio de voz, incomodado pela presença ostensiva deles, pelos olhares perscrutadores, pelas expressões severas.

— Apenas que aceite as coisas como elas são, querido... — respondeu-me uma senhora com um coque elegante, maquiagem discreta, rugas discretas se insinuando.

Costeletas de porco. Vinho tinto num cálice. Um copo de água ao lado. Rúcula e tomates cereja. Uma fatia de abacaxi. Maionese com maçãs picadas e uvas passas.

Não estava com fome.

— Como as coisas são? E como as coisas são?

Meus olhares buscavam identidade. Iam de um para outro e para a mesa e para as paredes, para o chão, para o copo de vinho, para as uvas passas.

— Como as coisas são? — O homem ao meu lado pareceu indignado. Olhou-me com irritação. — Como as coisas são? — repetiu. — Vou lhe dizer como as coisas são, seu idiota...

Foi contido pela senhora de coque e por um homem de terno cinza que, do outro lado da mesa, ergueu a mão interrompendo-o. Fiquei aliviado. Pensei que o cara fosse bater em mim.

— Você sabe de onde é. Sabe em que mundo vive. Sabe quem o cerca e sabe quem são seus iguais. Queremos, porém, que não assuma isso, que pare de fingir que nos conhece. Que existimos. Queremos que diga para todos que somos objeto do delírio de loucos e desvairados.

Duas mulheres, quatro homens, me olhando como se eu fosse uma brotoeja no canto da mesa. O discurso da senhora não fez sentido nenhum para mim.

— Engenheiro. É o que sou. Agrícola. Nasci em São Paulo, capital...

— Cale a boca!

Olhei para o mal-educado ao meu lado. O mesmo que havia me chamado de idiota.

— Ele nasceu em São Paulo. Poupe o rapaz de sua má educação!

— Ele não nasceu em São Paulo! Sua unidade biológica nasceu em São Paulo, mas ele, não!

— Meros detalhes, homem!

Olhei para a senhora de coque que me defendeu. Os demais, incluindo o que fez meu vizinho se calar com um gesto, se mantiveram quietos. Tentava entender o que queriam dizer com "unidade biológica".

— Que merda de lugar é esse? Como vim parar aqui?

Minha cabeça estava um balaio de gatos. Embora as detestasse, catei uma das uvas passas e a coloquei na boca. Tinha gosto de isopor. Cuspi fora, sem muita discrição.

— Ele está confuso — disse um dos presentes.

— Claro que sim — respondeu a senhora.

— Pra mim é má intenção — disse meu vizinho mal-educado.

— Por quê? Por que má intenção? Onde está a vantagem de ser dissimulado? — perguntou o homem de terno cinza.

— Deixem o rapaz respirar! O coitado está tonto desde que o trouxemos — apartou um velho encarquilhado, olhos enterrados nas pálpebras com se estivessem incrustados em dois profundos cânions.

Olhei minhas mãos e elas tremiam um pouco. Mas eu não estava tonto. Tonto, porra nenhuma. Confuso, sim. Boca seca. Bebi um gole de água. Tinha sabor normal. Respirei fundo, voltando a olhar os presentes. Fazia força para me lembrar como fui parar ali, rodeado por aquelas pessoas. Tentava me lembrar de qualquer evento anterior àquele encontro, mas a única coisa que me vinha à mente era uma imagem borrada do *Titanic* ou de qualquer coisa tão grande quanto.

— Você, ou "você", nasceu aqui, como disse. Do ventre da sua mãe. Cresceu, estudou e foi educado em São Paulo. Formou-se em engenharia agrícola... Uma excelente escolha. Blogueiro e estudioso amador de questões sobrenaturais e coisas do tipo. Defende a existência de OVNIS, alega já tê-los visto em suas andanças pelo interior do país, participa de congressos e encontros relacionados ao tema, usa camisetas com estampas de homenzinhos verdes, defende que a verdade está lá fora. Está sempre pronto a discutir assuntos messiânicos.

— Um burro! E pensar que fomos nós que... — começou a reclamar o turrão ao meu lado.

— Cale a boca! — repreendeu-o mais uma vez, a senhora de coque.

— Mas temos que fazer essa besta enxergar que a missão dele aqui é justamente o contrário, ele tem que...

— Chega! — apartou o velho de olhos fundos.

As uvas passas me atormentavam. Olhava para ela com medo. Meio disfarçadamente empurrei meu prato para o lado, quase o encostando ao prato do turrão. Queria distância daqueles olhinhos pretos com sabor de isopor.

— Nem tocou na sua comida, filho... — comentou o homem do terno cinza.

Ninguém, até o momento, tinha tocado na própria. Empurrei o prato um tantinho mais para o lado.

— À puta merda com tudo isto. Como vim parar aqui? Quem são vocês?

— Ele não lembra como veio parar aqui.

— Nem poderia.

— Nem quem somos nós.

— Previsível.

Um dos homens que até então se mantinha quieto, sacou alguma coisa do bolso do paletó e fez essa coisa rolar em minha direção. Vi a coisa bater no copo de vinho (será que era vinho mesmo? Tive receio de experimentar).

— Lembra disso? — ele me perguntou. — Sabe o que é isso?

Observei a esfera com atenção. Não sabia se devia pegá-la ou só observá-la. Então surgiram três saliências que se destacaram da superfície lisa e a levantaram como se fossem um tripé. O metal parecia fluido, maleável. A superfície era melíflua. Surgiu uma abertura mínima e de dentro foi projetado um pequeno jato de luz. Arregalei os olhos diante de uma imagem tridimensional. Um palhacinho brincando com malabares. Tão perfeito, tão fidedigno, que escancarei a boca. O palhacinho olhava para mim!

A procura constante por identidade acabou por se mostrar frutífera. Meu coração saltou no peito.

— Um Abracante! — exclamei com euforia.

— Sim, um Abracante! — praguejou o turrão.

— Todos nós já tivemos um desses — completou a senhora de coque.

- Os Abracantes nos definem; nos identificam — fizeram coro outros dois.

— Brinquedo, tutor, tradutor, portal interdimensões, protetor, projetor holográfico... — disse outro.

— Tive um. Desapareceu um dia e nunca mais o vi.

— É recolhido quando o aprendizado está completo.

— Eu sou um... eu sou... vocês são...

— Caiu a ficha, babaca? — provocou o mal-educado.

— Como pude esquecer?

— A maioria esquece. A grande maioria. Mas você não deixa de ser o que é por causa disso.

— Somos muitos, não somos?

— Não somos nós que estamos entre eles, filho. São eles que estão entre nós. E em cada vez menor número. Mais uma centena de anos e desaparecerão. Seremos apenas nós.

Olhei para a mulher de coque e anuí com um aceno tímido de cabeça. Eu sabia. Lá no fundo, eu sabia. Só faltava aflorar. Um jeito de aflorar. Aconteceu.

Estendi a mão e peguei o Abracante. Era gelado. Ele se recolheu, voltando a se tornar uma esfera perfeita. A sala escureceu ainda mais. As paredes se fragmentaram, dissolveram. Um breve espasmo e tudo se apagou.

Cara afundada no couro do banco. Pernas estiradas, torcidas, caídas uma pra cá, outra pra lá. Um dos braços, dormente, sob meu corpo. Um calor dos diabos. Abri os olhos devagar e me feri com a luminosidade. O sol estourando o para-brisa. Girei num lamento agoniado, o braço dormente como uma peça estranha que tive que arrastar como se não me pertencesse. De costas no banco traseiro, rosto virado pra cima, pro forro do teto. Fiquei calado por alguns instantes, pra logo depois soltar um gemido. O braço dormente começava a doer. Movê-lo era impossível. Sentia como se estivesse preso sob as rodas de um caminhão. Pisquei os olhos tentando descolar a remela das pálpebras. Lambi os lábios e me descobri com sede. Sedento. Com o braço melhor, tentei me erguer. Puxei o tronco, flexionei as pernas, grunhi e bati a cabeça no vidro da porta. Fiquei lá, debruçado dentro do carro como um bêbado saindo de um coma. Que horas seriam? O quanto tinha dormido? Quando tinha dormido? Que porra de noite louca. Tossi e levantei a cabeça devagarzinho. Fiquei com medo que ela descolasse do pescoço. Não via nada direito. Muita luz. Vi uma cerca. Mourões. Arame farpado. Árvores. A porra de uma vaca. E um cachorro. Cachorro? Vaca? Cerca? Afastei a cara da janela embaçada e limpei o vidro com a mão ressuscitada. Era isso mesmo. Não havia engano. Mas, havia mais. Caralho... havia mais. Uma casa. Distante uns quarenta metros. Ensombrada por algumas árvores. Fui me lembrando aos poucos da loucura da noite. A procura doida por vida. Puta merda, eu tinha me perdido. Nem uma única porrinha de vila, de povoado, de nada. Então acordava e dava de cara com um casebre. Um milagre que não pretendia desvendar. Para quê respostas quando os fatos nos são favoráveis?

Soltei a trava da porta e ela abriu, franqueando a minha passagem descontrolada. Caí, batendo o ombro direito no chão de terra batida. Senti o cheiro da terra, senti o cheiro de bosta de vaca. Gemia quando o cachorro se aproximou e cheirou minha orelha. Depois cheirou meu nariz e boca. Me apoiei nos cotovelos e, meio entorpecido, me levantei. O cachorro latiu. Ao longe vi uma mulher. No alpendre, uma criança.

A casa era só meio asseada, havia pó no chão suficiente para moldar alguns tijolos. A mulher solícita me servia um copo de café quente, coado em coador de pano, recém-preparado. Já havia bebido sôfrego, alguns copos de água. Sentado diante de uma mesa, cotovelos apoiados no tampo. Eu ainda estava confuso e não conseguia explicar o que fazia lá. Contei minha história aos trancos e barrancos, disse que tinha me perdido por picadas desconhecidas ao tentar escapar do pedágio.

— É normal.

— Tentar escapar do pedágio?

— Se perder nas picadas.

— Fim de mundo. Longe de tudo. E seu marido?

— Na roça.

Anuí sem nenhum entusiasmo. Beberiquei o café quente feliz, afinal, por ter encontrado vida. Dando graças aos deuses por não ter acabado morto num canto escuro qualquer nesse fim de mundo.

— Não entendo como vim parar aqui. Eu estava... sei lá. Na estrada. Era de noite. Cansado, puto da cara... Desculpe pela má educação.

— A gente não recebe visitas todo dia. É bom ver cara nova de quando em quando.

— Não dá medo viver assim, tão longe da civilização?

— Medo do quê? De Saci? De mula sem cabeça?

Não pude deixar de rir.

— Isso não existe, senhora.

— É. É bom que você pense assim.

— Por quê?

— Porque quanto menos se acredita nos bichos, mais eles se arraigam. Quem não acredita, não enxerga. Quem não acredita, quando se dá conta é tarde demais.

Olhei para ela fazendo uma puta força para não rir. Crendices bestas. Então estremeci. Crendices bestas? Por que bestas? Eu sempre levei a maior fé nessas coisas. Era como se minha cabeça tivesse passado por uma resetada geral. Não acreditava mais. Era tudo besteira. Ia apagar meu *blog* e cancelar minhas viagens em busca de sítios ufológicos. Eu estava doido e não sabia. Puta merda! Quanta gente devia rir da minha cara! Ceticismo geral, agora. E campanha de dessacralização. Isso. *Reboot*. Homenzinhos verdes não existem! Nunca existiram! Me doía os bagos lembrar que expus tão abertamente a minha irracionalidade.

— A rodovia fica pra que lado?

— Em frente. Um tanto pra lá do eucaliptal. Cinco minutinhos.

Levantei descolando as costas molhadas de suor do encosto de plástico da cadeira. Precisava ir embora, devia ter muita gente preocupada com o meu sumiço. E envergonhado, também. Perdido a cinco minutos da rodovia! Que ninguém soubesse dessa trapalhada.

Agradeci a água e o café. Agradeci a gentileza e a atenção. A mulher não fez menção de me reter, aceitando de bom grado a minha partida. Ela, educada, me abriu a porta da sala e eu saí ao alpendre. O garoto estava sentado embaixo de uma árvore brincando com uma bola. Fiz um gesto de despedida e fui à direção do meu carro.

Com uma sensação esquisita, quase doída, parei e me voltei na direção do menino. Ele brincava com uma estranha esfera metálica. Senti um travo na boca e uma impressão de familiaridade que chegou a me constranger e a provocar uma curta e dolorida contração no estômago. Olhei para a mulher e ela me observava sem muito interesse. Abanei a cabeça e fui para o carro.

Ao dar a partida, uma vontade súbita de assistir mais uma vez ao filme *Contatos Imediatos de Terceiro Grau*. De jantar a luz de velas. De beber vinho. De comer uvas passas... não sei bem por quê.

Detesto uvas passas.

Fim

OS FANTASMAS DE LEMNOS

ROBERTO DE SOUSA CAUSO

"Passaram-se mais de seiscentos anos desde Kant e Hegel, quinhentos desde as utopias do século vinte, quase três mil desde Aristóteles! Não há pessoa ou grupo de estudo que possa reter todos os desdobramentos do conceito sofridos desde então, e aplicá-los a uma humanidade fragmentada por distâncias astronômicas."

PASSARAM-SE MAIS DE SEISCENTOS ANOS DESDE KANT E HEGEL, QUINHENTOS DESDE AS UTOPIAS DO SÉCULO VINTE, QUASE TRÊS MIL DESDE ARISTÓTELES! NÃO HÁ PESSOA OU GRUPO DE ESTUDO QUE POSSA RETER TODOS OS DESDOBRAMENTOS DO CONCEITO SOFRIDOS DESDE ENTÃO, E APLICÁ-LOS A UMA HUMANIDADE FRAGMENTADA POR DISTÂNCIAS ASTRONÔMICAS

Em Jason, uma colônia fundada no planeta Argos, a assassina de codinome Shiroma assumia o disfarce da rica estudante de xenoarqueologia Doris Shiro.

Perto de Jason, um sítio havia sido descoberto quando do crescimento da pequena metrópole, poucos Terraanos antes. Ele havia disparado uma corrida de escavações pelo planeta, pois a existência prévia de uma civilização em Jason era desconhecida tanto da humanidade quanto das outras raças sensientes da Zona 3 de expansão humana. Mas até ali, as expedições lançadas a todos os cantos do planeta nada revelaram de tão excitante quanto a cidade escavada em Jason. Às vezes, o acaso era mais importante do que o empenho deliberado.

Em razão das descobertas iniciais, era comum que equipes de pesquisadores foramundo aportassem ali — falava-se até em uma pequena onda de turismo arqueológico —, embora não fosse tão usual que uma jovem estudante viesse sozinha, cobrindo todas as suas despesas. Mas difícil mesmo tinha sido a falsificação das credenciais acadêmicas de Shiroma, e as semanas estudando tudo a respeito do planeta.

Argos orbitava a estrela Carinæ κ, gigante amarela classe G6III, a cerca de 223 anos-luz da Terra.

O astro ficava na constelação de Carinae, visível do hemisfério norte da Terra. Na Antiguidade, Carinæ fizera parte da constelação chamada pelos gregos de Argo Navis — o navio *Argos* da famosa epopeia *Argonáutica*, escrita por Apolônio de Rodes no século III A.D. Seus colonizadores eram euro-russos da área do Mar Mediterrâneo, mas a colônia fora patrocinada por vários blocos políticos originados do Ocidente da Terra. A herança clássica também fazia parte das preocupações culturais da Aliança Transatlântico-Pacífico e da Diáspora Latinoamericana. A oportunidade de evocar todo o conteúdo mítico-heroico da *Argonáutica* não deixaria de atrair governos e entidades privadas.

Talvez por isso Jason se erguesse à beira-mar e sua rica arquitetura clássica revivida estendia-se em tons claros recortado pelos retalhos verdejantes de jardins e alamedas. Mesmo as duas luas desenhadas em branco sobre o azul celeste só reforçavam o romantismo construído do lugar.

Doris Shiro deveria ser uma jovem rica e independente. Portanto Shiroma não havia pedido que alguém da Secretaria de Cultura a recebesse. No espaçoporto — onde tinha pousado o velho Dasher usado em suas operações — ela apanhou um trem maglev para o centro da cidade, fingindo que fazia algum turismo. Notou então como elementos modernos se fundiam harmoniosamente à alusão clássica da arquitetura. Deixou a bagagem no hotel número um da cidade — exceto pela bolsa contendo o único bem que Shiroma de fato prezava. Lá, pagou por um flutuador exclusivo até o sítio arqueológico principal.

Tanto dinheiro gasto para matar alguém.

— Fique à vontade então, querida.

O sítio de escavações tinha sua própria anfitriã para receber turistas, junto à entrada de uma tenda grande como um anfiteatro. Shiroma deu graças por ela não ser um programa interativo 3D, mas uma jovem taluda e perturbadoramente bronzeada pelo sol alienígena, de sandálias e um elegante traje que, deixando nus os braços roliços, era atualização levemente pregueada das túnicas gregas da Antiguidade. Imaculadamente branco, mesmo na planície poeirenta em que ocorria a escavação, só podia ser feito de um caro tecido micro-hidrofóbico do tipo "folha de lótus". Mas seus dedos dos pés tinham a tintura do pó vermelho da planície.

— O que temos aqui são hologramas do que foi escavado — ela disse. — As peças reais estão num museu na cidade.

A complexa exibição montada a *laser* na tenda incorporava holodioramas animados dos extintos habitantes de Argos, interpretações artísticas de como haviam conduzido suas vidas. Pelo jeito, a civilização perdida deixara muita documentação preservada.

Shiroma sentiu um profundo fascínio. Tinha lido tudo o que pudera encontrar a respeito das dahomeys, como foram chamadas. Mas agora, assistia ao movimento de seus corpos esguios, estranhamente antropomórficos — ou *ginomórficos*, com mamas onipresentes, sempre pequenas e rijas. E expostas. As dahomeys tinham pouca utilidade para roupas. Favoreciam faixas de tecido com bolsos e passadores, penduradas em seus ombros largos e enroladas nos quadris estreitos.

— Talvez por causa da pele coriácea, e os pelos no corpo — a monitora disse, diante da pergunta. — Os xenobiólogos ainda não decidiram se seria proteção suficiente contra o clima de mil Terraanos atrás.

As cabeleiras eram longas, concentradas na parte posterior do crânio. Costas e partes superiores dos braços e posteriores nas pernas até os calcanhares, tinham uma pelagem densa e de diversos tons — enquanto axilas e virilhas nada mostravam. Shiroma apreciou os rostos. Assim como no tronco, a pele coriácea assumia diferentes tons pastéis, em linhas e faixas que convergiam para os cantos da boca e as linhas do nariz ou canto dos olhos, também marcados por minúsculas escamas salientes e coloridas. Quase uma estilizada pintura facial, a mais bela mistura de traços humanos e alienígenas.

A monitora tocou o braço de Shiroma com a delicadeza de quem desperta um bebê. Transida pelas imagens, ela passara mais de uma hora a contemplá-las.

— Está atrasada, Senhorita Shiro — Yoshio Teh disse.

— Desculpe. Passei tempo demais contemplando os seus holodioramas...

— Não são *meus* — disse o arqueólogo. — São do *pool* de patrocinadores.

— O senhor tem críticas à exatidão deles?

Teh sorriu.

— Já que nenhum de nós, ou os holoartistas que os produziram, jamais presenciou tais cenas, tratam-se todas de *especulação*.

Shiroma e o chefe dos xenoarqueólogos estavam em uma tenda com mesa e cadeiras dobráveis. Lá fora, trabalhadores e robôs se mexiam como num formigueiro. Shiroma e Teh sentavam-se diante de um bule de chá. As xícaras pareciam japonesas, mas o chá era inglês. Ela bebericou o seu, lembrando-se de sua fracassada missão no planeta Reiboro. Lá, o alvo fora o xenoarqueólogo Neftaim Zibeon, mas nem chegou a pôr os olhos nele. Uma pane em sua nave a jogou no fundo de um cânion remoto, do qual mal escapara com vida. Uma crise alérgica quase a sufocara até a morte. Com mais um gole de chá, ingeriu também o coquetel anti-histamínico que Teh lhe ofertava. Ela havia tomado um no espaçoporto, mas ele dizia que este era específico para a poeira e os micro-organismos encontrados no sítio de escavação.

— Contaminados pelo clima cultural de Argos? — ela perguntou, sobre os holodioramas.

— O tema pastoral chamou-lhe a atenção? — Teh devolveu.

— Fiquei fascinada, sim. Até trombei em outros visitantes. Tanta alegria de viver, espírito aventureiro e contato com a natureza...

— O meu favorito é a expedição às falésias meridionais — ele disse. — Positivamente épica. As falésias ainda existem, sabia?

— Acho que mil anos não representam...

— Na verdade, essas interpretações da vida das dahomeys são fundamentadas. Aparte todo o colorido e fashionismo dos adereços. O sítio é abundante em artefatos, elas deixaram grande quantidade de registros em metal e pedra trabalhada. Nisso o pastoralismo atuou a nosso favor. Mas ainda tentamos decifrar sua escrita ideográfica. Ao menos a variante dialetal mais abstrata.

— De onde vem o nome "dahomey"? — ela perguntou. — Não o encontrei nos dicionários de grego.

Teh gargalhou.

— Seria surpresa se encontrasse. As "Amazonas Dahomeys" ou Mino foram uma sociedade de mulheres guerreiras de Benim, na África. Antes da era espacial. — E diante do olhar intrigado de Shiroma: — O colega que as descobriu era africano, Dr. Maga Boni.

— Mas não costa a descoberta de armas neste sítio ou em qualquer outro...

— Ironia. — Teh deu de ombros. — De fato, as seguidoras de Cybele Stasinopoulos cabem mais na definição de amazonas, do que as fêmeas da civilização alienígena perdida que elas tentam imitar.

Os dois se calaram, concentrados no chá. Shiroma sabia que haviam tropeçado em um assunto delicado. Que Teh tivesse tocado nele primeiro a poupava de trazê-lo à baila. Mas ela hesitava em aprofundá-lo.

— É certo chamá-las de "fêmeas de uma civilização", se eram o único gênero sexual presente nela? — perguntou, ao invés.

— Geneticamente falando, isso é inverídico — ele respondeu. — Elas não evoluíram como um único sexo partenogênico. A reprodução sexuada *fazia* parte de sua constituição genética.

— Imagino que a grande pergunta seja por que elas escolheram suprimir o cromossomo Y... ou o equivalente em sua microbiologia.

— Próximo o bastante — Teh concedeu. — Ao contrário do que diz Stasinopoulos, não encontramos evidências de que isso tenha ocorrido. Sua reprodução era artificial, claro. Com isso é possível selecionar o sexo sem manipulações genéticas.

Em Reiboro, um povo, os maracs, havia arrancado de seu genoma mestiço todos os traços de uma etnia indesejada, os tximaracs. Um "genomecídio", como alguém havia dito. Se algo tão extremo era possível, por que não um gesto idêntico, não étnico mas sexual? Teh contornava a questão. Shiroma suspirou. Então ele a surpreendeu:

— Não partilho das teorias comparativas — disse, com uma centelha nos olhos escuros. — Recorrer a narrativas humanas em que mulheres se livraram dos homens para viver em sociedades ginocêntricas é *antropocentrismo*, se me perdoa o trocadilho falocêntrico.

Foi a vez de Shiroma sorrir.

— Ouvi dizer que há projetos assim na própria Zona Três.

— De fato. Essa é a utopia de Stasinopoulos aqui mesmo em Argos.

— Inspirado pelas dahomeys.

Ele gesticulou para o alto com as mãos.

— Por tudo isto! Os argonautas, Hipsípile e a Ilha de Lemnos... — Respirou fundo. — Mas se quer saber o que penso, as seguidoras de Stasinopoulos sofrem da síndrome das teleologias ameaçadas. — A expressão vazia de Shiroma o fez continuar: — O conceito filosófico de que se caminha de uma origem para uma finalidade ou propósito pré-determinado e quiçá definitivo: a emancipação dos povos, o império da razão, o refino de diferenças sociais rumo à harmonia.

— Não foi a razão que nos levou às estrelas? — Shiroma disse.

— A tecnologia, sim. Mas alcançamos a harmonia? Não! Arrastamos nossas diferenças culturais e políticas para as estrelas, sob a forma de blocos políticos e suas atreladas diásporas interestelares. E o que encontramos nas estrelas? Mais diferença.

— Alienígenas como as dahomeys.

— E dúzias de outros — Teh disse. — Além de projetos utópicos como o das belicosas moças de Stasinopoulos.

— Por que isso é enganoso?

Ele hesitou.

— Elas certamente acreditam no que fazem. O dilema é da filosofia. As antigas teleologias estão em crise não só pela diferença alienígena, para a qual nossa filosofia é insignificante, mas pelo esgarçamento da linha entre origem e estágio atual da "finalidade última". Passaram-se mais de seiscentos anos desde Kant e Hegel, quinhentos desde as utopias do século vinte, quase três mil desde Aristóteles! Não há pessoa ou grupo de estudo que possa reter todos os desdobramentos do conceito sofridos desde então, e aplicá-los a uma humanidade fragmentada por distâncias astronômicas. Tudo isto — gesticulou para além do idiossincrático *chadogu* de bule e xícaras e pílulas — faz parte da síndrome: querer reencontrar o ponto de origem da civilização ocidental, e supor daí a proximidade do ponto de chegada, do propósito pré-determinado. Mas nem Argos nem Stasinopoulos podem fechar este círculo, minha cara. A corda para o laço está se desintegrando.

— Por que as dahomeys originais desapareceram? — ela perguntou, baixinho.

— Não há pistas geológicas de um desastre planetário ou climático. Assim como não encontramos armas, também não vimos sinais de um ataque foramundo. Elas provavelmente não eram originárias de Argos. Vieram expulsas ou autoexiladas de outro planeta? Foram seguidas por desafetos? Machos ressentidos? Não há indício algum. Talvez tenham desaparecido por sua própria dinâmica social. Um experimento que não deu certo. Só saberemos depois de decifrarmos completamente sua linguagem.

Shiroma tinha os olhos voltados para aquilo que Teh apontava. O mundo lá fora, o acampamento da equipe de escavação, as torres e cúpulas da civilização dahomey desenterrada, as colinas e os campos revirados — Argos.

E então, trabalhadores correndo com equipamentos nas mãos. Gritos. Teh levantando-se e saindo da tenda, Shiroma chutando sua bolsa para debaixo da mesa, saindo com ele.

Viu veículos de assalto para todo-terreno — quatro rodas altas, carroceria lenticular, suspensão autônoma, camuflagem improvisada.

Contrabandeados para Argos, ou produzidos clandestinamente ali? Deles desembarcaram mulheres vestindo trajes táticos.

E empunhando armas.

Homens e mulheres foram arrebanhados em grupos separados. Exceto por Teh e Shiroma, mantidos juntos da jovem que parecia comandar as atacantes.

— Quem é você? — a líder perguntou a Shiroma. Após a resposta, ela se voltou para o arqueólogo e gritou: — Vamos levar todos como reféns, mas Yoshio Teh será executado imediatamente, por ordem de Cybele Stasinopoulos.

Três mulheres arrastaram Teh para vinte metros longe. Duas outras mantiveram Shiroma sob a mira de carabinas de agulha. Ela recuou um passo, e atrás do corpo deixou seu multiuso deslizar para a palma da mão esquerda. Talvez conseguisse derrubar uma delas arremessando a pulseira, enquanto se lançava contra a outra. Hesitou. Teh era só um meio para chegar ao seu alvo. Por que arriscar-se por ele?

O homem franzino ficou em pé diante de suas algozes, peito estufado, olhar altivo. Uma única agulha foi disparada com um estrondo hipersônico. O tórax de Teh se desfez num borrifo de sangue e tecidos vaporizados.

Shiroma foi embarcada num grande caminhão de seis rodas, no qual viajou por duas horas, antes de ser empurrada para fora com as outras reféns. Supôs estarem em uma mina abandonada, pela precariedade das instalações. Pastoras armadas conduziram as mulheres até uma passagem ampla, onde receberam instrução sobre como se comportar, uso de sanitários e horário de refeições. Equipamentos eletrônicos foram confiscados e todas foram examinadas por sensores de implantes biocibernéticos. Shiroma passou incólume.

Usou as horas seguintes para avaliar armamentos e a atitude da guarda que as vigiava. Aguardou.

Na manhã do dia seguinte, duas delas a apanharam conduziram até um caminhão isolado, de carroceria alta, onde fora instalada uma central de comunicações. Stasinopoulos e duas técnicas a esperavam lá. O olhar treinado de Shiroma viu apenas pistolas de projéteis químicos com as duas. As guardas ficaram do lado de fora.

A líder das amazonas era uma mulher enorme. Devia ter um metro e noventa e cinco de altura. Surpresa, Shiroma identificou as marcas discretas de uma mudança de sexo. Até clavículas encurtadas para estreitar os ombros. Cybele havia sido um homem, em algum ponto da vida. Suas seguidoras saberiam? Faria alguma diferença a elas?

Sobre uma mesa, Shiroma viu o conteúdo espalhado de sua bolsa. A concha do mar recolhida em um anônimo mundo alienígena estava fora de seu estojo antiimpacto. Num impulso, ela avançou e apanhou a forma cilíndrica, recolocando-a rapidamente no estojo, sem se importar com as pistolas agora apontadas para ela. Cybele a agarrou pelos braços e a afastou da mesa. Shiroma se deixou arrastar, a concha abraçada ao peito.

— O que é isso? — a mulher perguntou.

— Uma lembrança de minha falecida mãe. Você não tem o direito...

— Quem é você? Por que estava com Teh?

Contou-lhe sua história de fachada, e de como arranjara uma entrevista com o arqueólogo, prometendo uma doação às suas escavações. O que não contou é que enlouqueceria sem a concha em sua vida.

— O que pretende fazer comigo e com os outros? — perguntou.

Cybele soltou-a, empurrando-a para longe. As outras baixaram as armas mas não as guardaram.

— São reféns. Vamos forçar o fechamento de Argos e negociar autonomia para nosso grupo.

Shiroma pensou em argumentar a impossibilidade disso. Havia uma base da Aliança do outro lado do planeta. E por que um grupo tão pequeno precisaria de autonomia, como poderiam se expandir? Mas apontar tais coisas arriscaria expor seu disfarce.

— Por que mataram o Dr. Teh? — perguntou, ao invés.

Cybele sorriu antes de responder.

— A teoria dele, de que as dahomeys desapareceram porque a sociedade feminina era incapaz de avançar...

— Era só uma ideia.

— Não — a outra disse, com ferocidade. — Uma tese contra nossos interesses. E um *insulto*.

— Se há uma ligação tão forte entre seu movimento e as dahomeys, por que as armas? A sociedade delas era pacífica.

— É o que elas *desejam* — Cybele disse. — Cedo ou tarde, enfrentariam a oposição masculina do seu mundo de origem. Não vamos cometer o mesmo erro, garota.

— Eu li a *Αργοναυτικά* — Shiroma disse, citando o título grego da *Argonáutica*. — As mulheres de Lemnos mataram seus opressores, mas quando o Argos aportou na ilha com sua tripulação de heróis, elas viram que precisavam deles para produzir uma nova geração e criar os filhos de modo diferente. — Sabia que, no fundo, o episódio talvez fosse alegoria de como os homens, destinados à grandeza, precisavam resistir aos encantos femininos (e manter a fidelidade aos seus amantes homossexuais, mais valorosos que as mulheres). — Você não pode repetir a mesma experiência.

— A Rainha Hipsípile as fez cortar da própria carne! — Cybele gritou. — Matar maridos, pais, irmãos e filhos! E as dahomeys fizeram o mesmo. Cortaram o masculino do seu corpo, do seu futuro! Com os reféns, teremos instalações de clonagem e engenharia genética.

Shiroma ponderou a sabedoria de continuar discutindo.

— Mas você afirma que elas não teriam surgido em Argos — insistiu —, apesar da fisiologia dahomey ser compatível com a gravidade e a bioquímica do planeta. Como pode saber o que desejaria um povo que desapareceu há mil anos?

Os olhos de Cybele se arregalaram, e ela comprimiu as duas mãos contra o peito.

— As dahomeys estão dentro de *mim*, Doris Shiro — arfou. — Faço o que elas desejam, digo o que me dizem. Elas me têm! Sou seu instrumento.

Shiroma decidiu-se. Cybele era instável. Seu plano, impraticável. Não havia pelo quê esperar mais. Havia apenas a dúvida: se ela era uma ciborgue estética, poderia ter também extensões físicas perigosas. Tão perigosas quanto as de Shiroma.

Com o canto dos olhos, notou que, impressionadas com o discurso da líder, as outras mulheres deixavam as pistolas penderem junto ao corpo. Shiroma então golpeou Cybele na garganta, e antes que ela levasse as mãos à traqueia esmagada, atingia o antebraço armado da segunda mulher, quebrando-o contra o seu quadril. Pegou a pistola ainda no ar e virou-se.

A terceira foi rápida, mas seu disparo instintivo errou o alvo. Shiroma a baleou mortalmente no peito. Seu próximo golpe foi com o cabo da pistola contra o queixo daquela de quem tomara a arma. Com a mulher nocauteada a seus pés, voltou-se para a traseira do caminhão — no mesmo instante em que as duas guardas que esperavam do lado de fora com as carabinas de agulha, metiam-se na rampa de entrada atraídas pelos estampidos. Quatro disparos rápidos, e Shiroma agora se inclinava para levantar do piso a mulher caída e a jogar para fora do veículo.

Um braço longo e forte envolveu seu pescoço. Shiroma curvou-se por instinto para a frente e, com um salto de pernas poderosas, lançou--se para cima. A cabeça e as costas de Cybele se chocaram contra o teto do caminhão, e Shiroma sentiu as costelas dela se partindo.

Sem hesitar desta vez, jogou Cybele para fora do veículo e disparou duas vezes contra o corpo caído no chão escavado da mina, atingindo-a na cabeça, desfazendo suas ideias e ideais, tomando sua vida.

Shiroma não estava mais no refúgio subterrâneo das seguidoras de Cybele, nem no quarto do seu hotel. Mas num alojamento da base da Aliança em Argos, aguardando a liberação das autoridades para deixar o planeta.

Após matar Cybele, ela havia tomado os controles do caminhão e seguido pelo túnel, que era exclusivo daquele veículo, até achar uma longa rampa que terminava em uma comporta. Enquanto procurava no painel e no porta-luvas como abri-la, avisou as autoridades de onde estavam os reféns, identificando-se e contando-lhes a história de que um grupo de seguidoras de Cybele Stasinopoulos havia se revoltado contra ela pela a morte de Yoshio Teh, e que ela havia escapado durante a confusão. Contou ainda que ouvira que a ação do movimento incluía bombas espalhadas em diversos pontos de Argos, talvez em Jason e no espaçoporto.

Era um chute. Certamente, Cybele não esperava conseguir tudo o que queria apenas com 60 ou 70 reféns. E Shiroma não teria sido enviada para matá-la se algo mais grave não estivesse envolvido.

Quando finalmente foi liberada para retornar ao seu Dasher, Shiroma foi cumprimentada não apenas pela informação que levara ao resgate bem-sucedido da maioria dos reféns — nunca soube se alguns foram mortos pelas mulheres ou confundidos com elas pelas tropas da Aliança —, mas também por ter impedido que bombas nucleares fossem detonadas na cidade, no espaçoporto e na base militar. O único meio de contato com as agentes infiltradas nesses locais era a central de comunicações que ela roubara, e os militares agiram com rapidez e precisão. Mas como Cybele podia ter reunido os recursos? Teria aliados ao seu projeto utópico, noutra parte da galáxia? Resignou-se a ficar sem respostas.

Estava no Dasher, acelerando para a Zona de Simetria Rompida, quando sua mente se voltou para a figura mirrada de Teh. Por que sua morte a comovia tanto? Passado um primeiro momento de arrogância, ele a tratara como intelectualmente igual. Devia morrer apenas por ter uma ideia diferente? Ela então perguntou-se se foi enviada para matar Cybele porque ela comprometia interesses financeiros e comerciais em Argos, ou porque também possuía ideias diferentes?

Sem conseguir suportar a escuridão do espaço assomando pelas vigias da nave, recolheu-se ao camarote. Sentia a estranha neurose que a afligia pulsando em seu peito, junto com o pesar e a vergonha. A concha do mar era o remédio para essa melancolia, e com o som murmurejante a sussurrar-lhe ao ouvido com a voz de sua mãe, Mara, morta quando Shiroma tinha apenas cinco anos, adormeceu.

Havia um mundo dentro da concha. Ou *vários* mundos, que Shiroma às vezes visitava, todos habitados pela memória não apenas sonora da mãe, mas por sua figura esguia e feminina, e pela criança que Shiroma havia sido — então chamada Bella Nunes e então ainda inocente, antes de ver a mãe sendo morta e de ser sequestrada para ser treinada como assassina de aluguel.

Desta vez ambas estavam em mundo de colinas gramadas, árvores modestas e estranhos afloramentos de rocha emoldurados por um céu profundamente azul — tudo visto por trás de uma parede de vidro. Do lado de cá, Mara a aguardava em pé, sorrindo, e Bella lhe dava as costas, sentada no chão de pernas cruzadas. Do outro lado da parede de vidro que a menina guardava, uma multidão de esguias figuras femininas e seminuas agitava-se. Shiroma aproximou-se e parou do lado da mãe.

— Cybele disse a verdade? — perguntou. — Era realmente possuída pelas dahomeys e falava por elas?

Todos os olhos alienígenas, arregalados em rostos infinitamente mais belos do que nas holografias, fincavam-se em Shiroma, e suas bocas moviam-se mudas atrás do vidro.

— Elas falam muito — sua mãe disse, com um sorriso triste. — Mas como saber o que Cybele realmente ouvia?

FIM

EU POSSESSÃO

VAGNER VARGAS

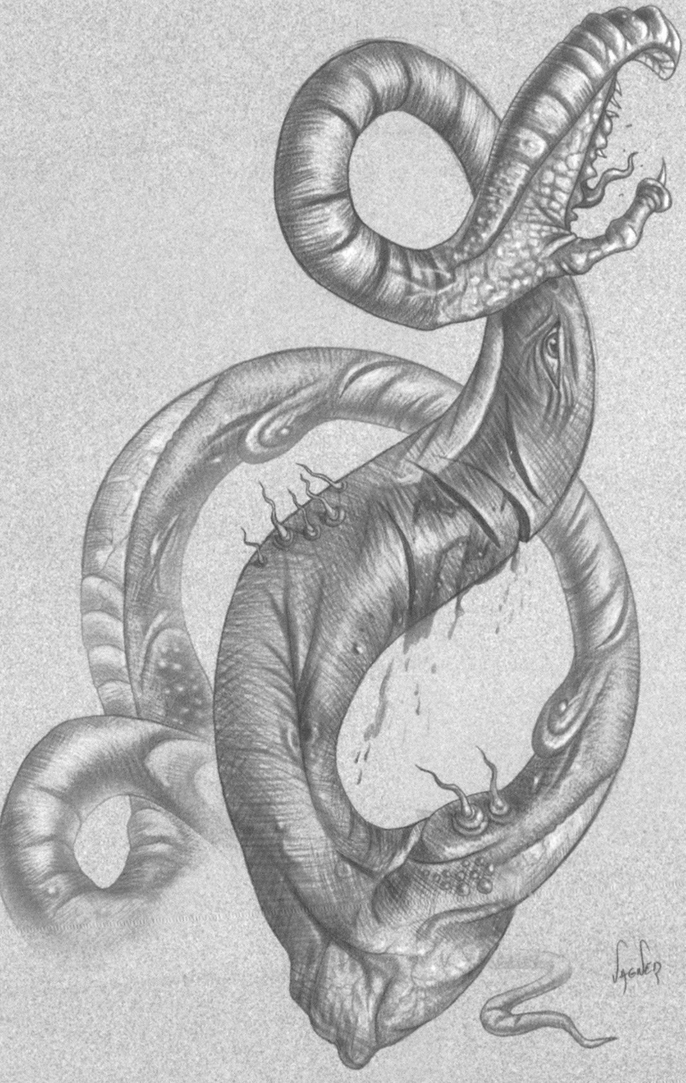

DISTRAÇÃO

distração

MEDO

FÚRIA

FÚRIA

ESPÉCIES

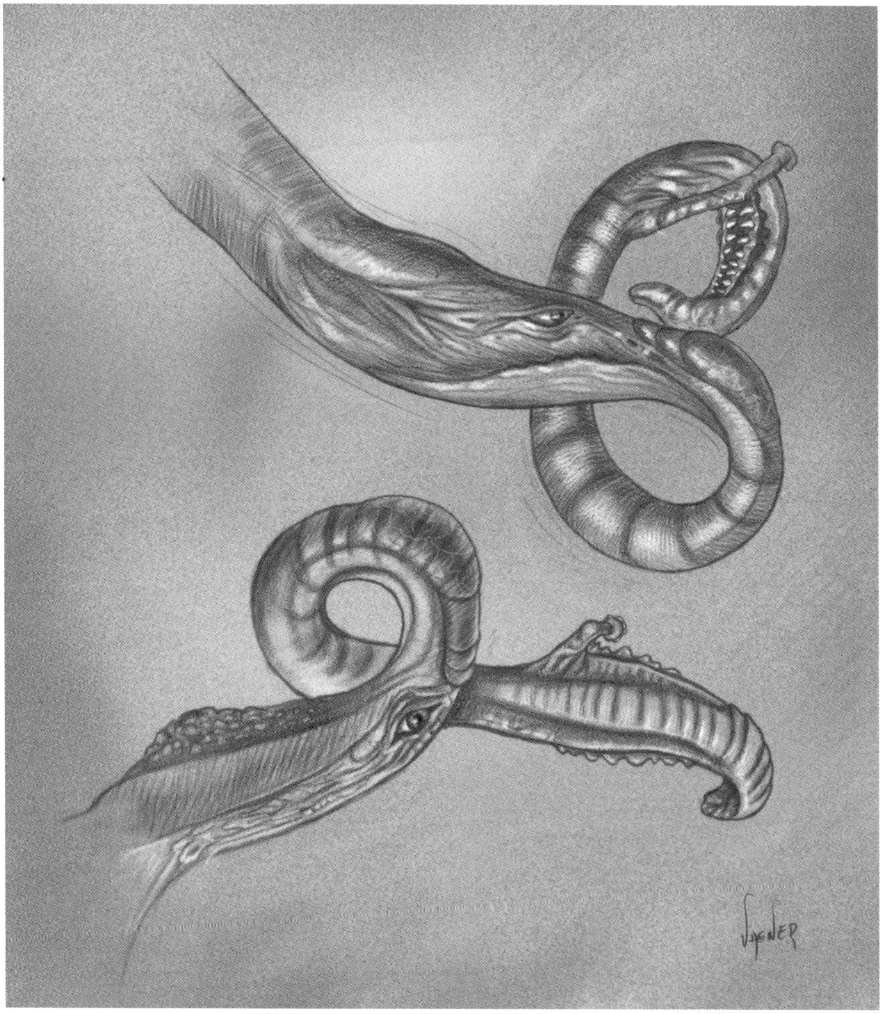

ESTEVAN LUTZ

Estevan Lutz é um escritor e amante de ficção científica que procura sempre explorar e detalhar tecnologias instigantes em seus textos. Além de arquitetar mundos futuristas, desempenha também a função de projetista elétrico industrial. É autor de *O Voo de Icarus: Até Onde nossa Mente Pode nos Levar?* Já participou de nove antologias de literatura fantástica nacional.

Contato: www.facebook.com/estevan.lutz

MIGUEL CARQUEIJA

Miguel Carqueija é um dos mais ativos autores de ficção científica e fantasia do Brasil, com 27 livros individuais ou em coautoria publicados em edições de papel, digitais e de demanda, sendo o mais recente *Asteroid Girl: Aventuras de uma Fora-da-Lei*, pela Kobo, em coautoria com Ricardo Guilherme dos Santos.

JORGE LUIZ CALIFE

Jorge Luiz Calife nasceu em Niterói, no Estado do Rio de Janeiro, e é autor e jornalista. Entre seus livros destacam-se a trilogia *Padrões de Contato*, considerada precursora do gênero *new space opera*, e os livros de divulgação científica *Como os Astronautas Vão ao Banheiro* e *Espaçonaves Tripuladas*.

TIBOR MORICZ

Tibor Moricz nasceu em São Paulo, Capital, no ano de 1959. Escreveu e publicou *Síndrome de Cérbero* (JR Editora, 2007), *Fome* (Tarja Editorial, 2009), *O Peregrino* (Editora Draco, 2011) e *O Homem Fragmentado* (Terracota Editora, 2013). Possui diversos contos publicados em coletâneas e virtualmente. Capitão do *blog* esooutroblogue.wordpress.com (em criogenia), onde discute literatura e faz resenhas críticas.

E-mail: tibmo45@yahoo.com.br

Marcelo Bighetti

Marcelo Bighetti é escritor de Ficção Científica e Fantasia. Possui vários contos publicados, sendo um deles *best-seller* na Amazon. Pesquisador e palestrante sobre o folclore brasileiro, divide seu tempo entre suas criações como *designer* gráfico e a vida solitária de escritor. Estuda a possibilidade de cuidar de alguma planta e parece que vai comprar um cacto. Adora ser pai dos seus cinco filhos, mesmo que um já tenha ido para outras esferas, e ama de paixão sua linda esposa.

Contato: mbighetti@gmail.com • www.marcelo.bighetti.com.br

Mustafá Ali Kanso

Mustafá Ali Kanso (1960-2017) foi um escritor de Realismo Fantástico premiado nacionalmente. Foi também professor, mestre em Engenharia de Produção, conferencista e divulgador científico. Escrevia a coluna semanal "hipercrônicas" no portal hypescience.com. Participou desde 2004 em diversas antologias, tais como *Futuro Presente*, *Contos Imediatos*, *Proibido Ler de Gravata*, *Todos os Portais: Sagas IV*, entre outras. Sua obra mais recente, *A Cor da Tempestade* (já na segunda edição), é uma coletânea que inclui seus contos premiados escritos no período de 2004 a 2011.

Site: www.mustafa.com.br

Roberto de Sousa Causo

Roberto de Sousa Causo é autor dos livros de contos *A Dança das Sombras* (1999) e *A Sombra dos Homens* (2004), dos romances *A Corrida do Rinoceronte* (2006), *Anjo de Dor* (2009), *Glória Sombria* (2013) e *Mistério de Deus* (2017), e do estudo *Ficção Científica, Fantasia e Horror no Brasil* (Editora UFMG, 2003). Sua novela *O Par* ganhou o 11º Projeto Nascente. Tem contos publicados em onze países.

Ademir Pascale

ORGANIZADOR

Ademir Pascale é paulista, editor e criador da revista *Conexão Literatura*, escritor e ativista cultural. Já participou como organizador, editor, autor e coautor em mais de 40 livros, tendo contos publicados no Brasil, França, Portugal e México. Adora pizza e séries televisivas.

Site: www.revistaconexaoliteratura.com.br

Twitter: @ademirpascale

Facebook: Ademir Pascale

E-mail: pascale@cranik.com

Vagner Vargas

ILUSTRADOR

Vagner Vargas se dedica ao trabalho de arte desde 1990, com desenho e pintura entre outras atividades de arte visual. Sua atuação acabou sendo mais expressiva na ilustração, com arte para capas, desenhos para livros e romances gráficos, entre diversos outros projetos editoriais. Como temática sempre presente o fantástico, o surreal e o futurista.

Site e contato: www.vagnervargas.com.br